AF409623

Morphea

Renée Nérée

« *L'amour est une aimable tricherie où l'autre est vu à travers le prisme des émotions et celui qu'on voit est toujours magnifique* ».

Thierry Lode- Biodiversité amoureuse

« *Car j'aimais chèrement mes semblables et j'eusse chèrement désiré être aimée d'eux.* »

Mary Webb-Sarn

« *Les êtres des modernes [...] se sont réfugiés dans une intériorité craintive.* »

Tobie Nathan- Nous ne sommes pas seuls au monde

CIP a Camerei Naționale a Cărții

Nérée, Renée

Morphea / Renée Nérée. – Chișinău : Online Marketing Group, 2020(Print on demand). – 75 p.

ISBN 978-9975-3402-7-4.

821.133.1-31

N 50

Cover image: www.pixabay.com

Generis Publishing
Online Marketing Group SRL
MD-2068, Chisinau, Miron Costin 17/2, Of 519

Online orders: www.generis-publishing.com
Orders by email: info@generis-publishing.com

Pélagie de Senlis n'aimait pas venir au laboratoire. Elle en trouvait l'aspect extérieur vétuste et triste. Une variété américaine de lierre dévorait la façade. Les murs de briques noircissaient sous leur crépi bicolore. L'absence de fenêtre et d'aération adaptée à un climat tropical rendait l'intérieur poisseux et sombre. La chaleur et l'humidité s'y concentraient. Seule la chambre de manipulations restait propre, blanche, éclairée d'une lumière rude et préservée par une climatisation glaciale.

Le temps s'y écoulait trop lentement. C'était le lieu d'une recherche ennuyeuse et souvent stérile. Heureusement, Pélagie disposait de ses propres appareils de mesure et n'était pas obligée d'avoir recours au matériel contemporain de la construction des locaux. Cela engendrait de la jalousie, parfois de la haine de la part des autres biologistes. Mais elle n'avait pas l'habitude de susciter la sympathie.

Son travail nécessitait de passer au moins une heure tous les jours au laboratoire pour renouveler le milieu de culture de minuscules créatures hybrides au bout d'un nombre déterminé de cycles de reproduction. Il fallait pour cela patience et précision.

Du vieil institut qui abritait le laboratoire, elle n'appréciait que les armatures Eiffel pour leur résistance et leur beauté. Elles donnaient à l'ensemble l'aspect d'une cathédrale. Malheureusement, le crépi rose et jaune empâtait leur élégante structure. Le manguier centenaire dans la cour ombrageait les murs. Cet arbre produisait régulièrement des fruits petits, verts et filandreux avec un arrière-goût de latex qui, le plus souvent, tombaient à terre sans être ramassés et s'y couvraient rapidement de mouches.

Quand Pélagie travaillait au laboratoire, la voix aiguë et un peu cassée de la chef du service de parasitologie passait par intermittence les vitres de la chambre de manipulation. Les gros soupirs du sous-chef opprimé assis dans le bureau d'en face rythmaient la matinée. Pourquoi Pélagie supportait-elle si mal les productions sonores de ses congénères ? La nature l'avait-elle dotée sans raison d'une sensibilité particulière ? Pourtant elle aimait les cris lancinants des crapauds le soir, le chœur des oiseaux de la forêt et même les aboiements des singes hurleurs qui s'entendaient à des kilomètres.

Pourquoi fallait-il que tout dégageât une telle impression de tristesse et d'abandon, même les arbres fruitiers ? Les briques portaient le sigle sinistre : AP. Administration Pénitentiaire. Et Pélagie ne savait pas lequel de ces deux mots lui faisait le plus peur.

Les chercheurs du laboratoire se préoccupaient avant tout de leur carrière et d'obtenir des fonds auprès des institutions. Sous des dehors policés, ils étaient capables de mauvais procédés entre eux. Au fond, seul l'argent les intéressait pour ce qu'ils en manquaient cruellement. Leur ego étouffant prenait aussi beaucoup trop de place. Ils en étaient presqu'ingouvernables.

Cependant la jeune femme ne regrettait pas d'être venue à Pointe-Bonaparte. Cela lui permettait d'éviter certains obstacles. Le risque était mieux rémunéré. Les carrières y étaient plus rapides, s'épanouissant comme un arbre dans la forêt et, comme lui, pourvue de racines trop courtes en raison de la pauvreté du sol tropical. Elle appréciait aussi le logement mis à disposition par l'Administration, aéré par la dentelle des jours creusés dans les murs, égayé par les peintures rose et jaune. Même si la plupart des bâtiments auraient eu eux aussi besoin d'une rénovation en raison de l'usure précoce causée par la chaleur et l'humidité. Son meublé disposait de l'eau courante. Elle s'éclairait avec une antique lampe à pétrole dont les émanations éloignaient les moustiques. Mais elle s'accommodait des inconvénients matériels comme de la compagnie des autres scientifiques semi-volontaires. Ils résidaient tous dans le quartier de la gare, près du village amérindien. Pélagie se contentait de l'unique librairie locale mais nombre de ses collègues préféraient noyer leur ennui dans l'alcool, la drogue ou l'amour transactionnel. Ici, la consommation d'hallucinogènes ne rencontrait aucune désapprobation mais une sorte de lâche complicité. Plus qu'ailleurs, les gens se regroupaient par profession. Le corps enseignant, le personnel pénitentiaire, les soignants, les chercheurs, l'administration impériale et les populations locales se côtoyaient sans se mélanger. Les activités et les lieux de loisirs étaient séparés. Ces gens se haïssaient parfois. Mais cela arrivait rarement car il s'agit déjà d'un rapport humain. Des rumeurs évoquaient des meurtres motivés par la rivalité ou la jalousie amoureuse. En réalité, quand ils survenaient, ils n'étaient que les fruits infects de la crapulerie et de l'opportunisme. Cependant, l'incompréhension mutuelle permanente était une réalité. Pourtant tous ces humains se ressemblaient en dépit de la couleur de leur peau et de la différence de leur statut : à l'exception des Indiens et des Marrons qui n'avaient pas le choix tous ne cherchaient qu'à faire leur temps- nécessaire en général à l'oubli de quelques frasques- puis à retourner en Métropole. Même les commerçants chinois rêvaient à leur retour lointain au pays.

Pélagie ne se projetait pas si loin. Fille unique et gâtée, elle goûtait pour la première fois la liberté et un certain lâcher-prise. Elle aimait prendre le train à travers la jungle jusqu'à la grande ville côtière. Voir les urubus tournoyer au-dessus des voies, guettant les animaux tués par la locomotive. Elle n'avait jamais fait de politique, être payée par l'administration impériale ne la gênait pas. Quant au bagne tout le monde le savait là mais personne n'en parlait. Et si un homme sans âge en tenue rayée croisait sa route, le visage brûlé par le soleil et la pluie tropicale, elle détournait le regard. Le crâne rasé, les yeux caves, toute cette misère n'était pas feinte. Pélagie ne cherchait pas à en savoir plus sur eux que sur ses collègues. Le passé des uns et des autres se valait, parfois seule la chance avait permis un destin différent. Il y avait aussi les militaires appointés par la couronne impériale, rongés eux aussi par l'alcool, l'ennui et les maladies vénériennes. Pélagie avait une sorte de don pour s'écarter du malheur humain quand elle le sentait passer près d'elle. Et jamais elle ne parlait avec un de ces soldats perdus, à la fois trop jeunes et trop vieux. Aucun point commun ne lui paraissait les unir hormis l'espèce.

Le seul être sensible dont la présence ne lui fût pas pénible était Max, son chien bâtard, un berger du Maroni couleur sable, mal élevé, sale et gentil. Elle l'avait trouvé dans le petit jardin de son logement à son arrivée et ils ne s'étaient plus quittés. Max vagabondait toute la journée dans la ville et l'attendait le soir à la maison, toujours à l'heure. De bonne volonté et d'assez grande taille, il faisait fuir les rôdeurs peu désireux de risquer une morsure dans une atmosphère chaude et humide où tout s'infectait. Max ne tolérait pas non plus qu'un de ses congénères- même amical- s'approchât de Pélagie. Et cela la touchait plus que tout le reste. Elle n'avait pas souvent profité d'une protection physique. Même son père n'avait jamais cherché à le faire. Quand elle se faisait agresser il lui faisait plutôt comprendre qu'il fallait faire plus attention.

Elle n'était pas belle en dépit d'un drôle de sourire qui attirait l'attention, de beaux yeux, d'un corps petit et très féminin. Son aspect physique ne l'intéressait pas. Parfois elle s'apercevait de ses hanches larges, de sa taille mince, de ses seins lourds à la forme ronde et s'étonnait d'avoir reçu tant de sensualité inutile. Malhabile dans les rapports humains, elle oubliait facilement son propre corps.

Elle se satisfaisait d'une vie à part et c'est ce qui avait poussé son supérieur hiérarchique à la choisir pour cette mission interminable. Toutes les semaines, un bref contact radio entre eux le tenait au courant de l'avancement des travaux. Deux fois déjà elle avait emprunté le dirigeable pour gagner la station scientifique installée au cœur de la jungle et protégée par les soldats. Pélagie avait un peu le mal de l'air mais en avait pris son parti. Le monde était ravagé par des épidémies toujours nouvelles ce qui rendait ses malaises un peu dérisoires.

En comparaison la vie à Pointe-Bonaparte était paisible. Le couvre-feu imposé à partir de 23 heures à tous les hommes âgés de plus de 16 ans avait drastiquement limité la délinquance, cambriolages ou agressions.

Au sein d'un univers où la guerre biologique faisait rage, le Territoire offrait une certaine sécurité. Du fait du faible réservoir humain et des grandes distances, la contagion s'y arrêtait d'elle-même. Les scientifiques envoyés là fabriquaient les armes suivantes. A peine découverts les microbes avaient été utilisés pour cela. Le centre de recherche dans la forêt était donc extrêmement sécurisé et entouré d'un vaste désert humain. Les singes ou les chauves-souris constituaient peut-être un réservoir sylvatique mais personne n'avait intérêt à le prouver. Les périodes dans le laboratoire du Centre étaient suivis d'une quarantaine dans le cantonnement. Pélagie en profitait comme de vacances, les autres mouraient encore davantage d'ennui car l'alcool était interdit sur la base. Même les milieux de culture n'en contenaient pas.

Pour Pélagie un microbe n'était pas une arme mais un moyen de transport. Elle n'en avait pas peur. Ou peut-être ne tenait-elle pas tant que cela à la vie. Quant aux êtres humains c'étaient des primates sociaux à peine différents des saïmiris du laboratoire mais beaucoup plus rusés, puissants et invasifs. Et d'eux, oui, elle avait très peur. Entre de mauvaises mains ou simplement ignorantes, le virus qu'elle étudiait pouvait devenir pire qu'une bombe.

Ce jour-là, elle ne se rendrait pas au laboratoire. Elle devait rejoindre le Centre d'étude dans la jungle. Près de son lit reposait le portoir des éprouvettes. Le soleil n'était pas encore levé. Elle rangea soigneusement les fioles dans la mallette sécurisée et gagna à pied l'esplanade Napoléon. Il faisait chaud, comme toujours. Dans un recoin, sous un lampadaire, un petit garçon chinois urinait, le sexe bien caché dans sa main. Son urine formait un joli arc de cercle transparent. Les chauves-souris tournaient encore dans la lumière artificielle qui attirait les moustiques.

Il ne pleuvait pas. C'était inhabituel durant la saison humide. Au bout de son poteau, retenu par des câbles, le dirigeable « Gabrielle » flottait paisiblement. D'autres passagers étaient déjà arrivés et attendaient. L'aube se levait rapidement. Un soldat indifférent cochait sur une liste le nom des arrivants et notait leurs bagages. Pélagie ne s'attarda pas sur son crâne rasé comme celui d'un orphelin, elle regarda distraitement la cicatrice qui barrait le menton. L'uniforme était propre mais visiblement râpé. Peut-être était-ce vrai que l'impératrice avait ordonné des réductions budgétaires dans tous les secteurs d'Etat, en particulier dans les endroits éloignés du regard de l'opinion publique métropolitaine. Etre envoyé à Pointe-Bonaparte n'était habituellement une récompense pour personne.

Les bateaux à vapeur si efficaces sur la mer ne pouvaient remonter les affluents du fleuve à cause des sauts, causés par des rochers qui en perturbaient le cours et rendaient la navigation dangereuse. D'habiles bateliers guidaient des pirogues agiles sur ces eaux bouillonnantes mais elles ne transportaient que peu de passagers et de matériel et leur voyage durait plusieurs jours, suspendu par la nuit. Comparé à cela, le dirigeable était confortable et rapide.

Pélagie regardait toujours le soldat au pied du poteau d'amarrage. Leurs regards se croisèrent, les yeux de l'homme étaient bleus ce qui surprit la jeune femme car elle avait pris l'habitude de ceux aux couleurs chaudes du personnel du laboratoire. Pourtant ses yeux à elle étaient bleus aussi. Elle les détourna aussitôt avec gêne tant le contact avec un étranger lui était pénible. Elle ne luttait plus contre sa propre incapacité sociale. Cependant elle était encore assez jeune pour que le désir surgisse devant tout corps masculin jeune, propre, en bonne santé. Elle avait appris à reconnaître cette étonnante émotion. Simplement, elle ne savait pas toujours quoi en faire, comment gérer cette pulsion. On meurt de ne pas satisfaire sa faim ou sa soif mais pas son désir. Alors elle attendait qu'il s'en aille et s'éloignait de ce qui le provoquait, à moins que l'effet ne s'épuise seul. Ou bien elle finissait par le satisfaire si l'occasion se présentait de passer à l'acte en toute discrétion.

Elle aperçut une autre scientifique qui fumait un peu à distance. Elle était moins gênée en présence d'une femme alors elle se rapprocha pour la saluer. Du reste elles travaillaient dans des locaux proches et commençaient à se connaître et même à prévoir les pensées l'une de l'autre.

- Tu as vu ? fit Geneviève après les premières salutations en désignant du menton le planton au pied du poteau, il est pas mal, hein ?
- C'est drôle, c'est justement ce que je me disais, répondit Pélagie avec un sourire involontaire.
- Ça fera toujours un joli garçon à regarder pendant le séjour, ça nous changera du prof sans cheveux.

Pélagie approuva de la tête. Elle s'étonnait toujours du sexisme sans arrière-pensée dont les femmes pouvaient faire preuve entre elles. Sans scrupule et en quelques secondes, elles avaient toutes les deux déshabillé du regard et évalué un homme inconnu. Pélagie se demanda si l'impératrice était comme elles. Il n'y avait pas de raison que ce ne soit pas le cas. A demi-mot les fonctionnaires évoquaient ses favoris. Leur règne ne dépassait pas quelques mois. Ses ennemis insinuaient qu'elle se lassait vite. Pélagie ne ressentait pas le besoin de juger moralement son employeuse ni qui que soit d'autre. Les principes lui avaient toujours paru artificiels et surtout inutiles. Et puis l'habitude lui avaient inculqué un certain respect envers la dirigeante actuelle de son pays. L'impératrice Waleska avait succédé à son père vingt ans auparavant. Bien sûr elle était critiquable mais quel chef d'état ne l'est pas ? Par exemple aucune volonté politique de fermer le bagne ne se faisait jour. Les journalistes échouaient à émouvoir une opinion publique préoccupée par les guerres incessantes. Les armes biologiques, peu chères à produire et qui se reproduisaient seules avaient été un véritable appel au meurtre, le moyen de rendre les conflits interminables et meurtriers.

Pélagie avait lu autrefois leurs reportages, vu comme tout un chacun les photographies d'hommes maigres trop faibles pour se déshabiller eux-mêmes lors d'une visite médicale. Elle savait que la ligne de chemin de fer qu'elle appréciait tant avait coûté nombre de vies humaines. Bien sûr elle aurait souhaité qu'il n'y eût aucune injustice ni souffrance au monde car elle n'était pas psychopathe. Mais elle savait aussi que ce n'était pas possible et que le petit soldat au pied du poteau n'avait probablement guère eu le choix de son affectation. C'étaient généralement les hommes des classes les plus défavorisés qui s'engageaient dans l'armée. Comme les jeunes femmes les mieux douées des couches les plus riches choisissaient la carrière scientifique. Petit à petit, chaque année plus nombreuses et déterminées, ces femmes confortaient leur statut de tête officielle de la société. Tandis que nombre de jeunes hommes étaient envoyés combattre toujours plus loin parce qu'ils étaient en moyenne physiquement plus forts ou parce que cela arrangeait les femmes. Curieusement, malgré l'empathie féminine vantée dans les journaux et à l'église, aucune des dirigeantes ne se mettait à leur place. Il est difficile de s'identifier à celui qui ne vous ressemble pas physiquement. Le dimorphisme sexuel avait introduit un fossé social qui semblait infranchissable. Comme Pélagie, nombre de femmes ne voyaient aucun rapport entre elles-mêmes ou leurs filles et ces hommes au crâne rasé qui portaient des armes et des sacs. Elles pouvaient partager un moment d'intimité avec eux, ça ne les faisait pas se sentir plus solidaires de leurs congénères masculins. Qui plus est, beaucoup d'entre eux venaient des pays conquis ou alliés et n'étaient donc même pas des compatriotes. L'armée était devenue presqu'entièrement un corps stipendié. Pélagie savait qu'on pouvait acheter la plupart d'entre eux avec une certaine somme d'argent généralement proportionnelle à leur grade ou même avec un peu d'attention. Car ils restaient des animaux sociaux comme elle-même.

L'homme près du poteau avait dû sentir l'intérêt des deux femmes car il chercha leur regard sans sourire. C'était l'occasion de gagner de l'argent s'il s'y prenait assez discrètement. Le geste sans équivoque qu'il fit vers le bas de son corps confirma Pélagie dans son idée. Geneviève n'y fit pas attention ou fut plus habile pour dissimuler son intérêt. Sans aucun remords, Pélagie hocha la tête, replia deux doigts de la main droite, ce qui signifiait : dans trois jours. Il lui fallait en effet ce délai pour conditionner le nouveau virus dans le milieu de culture afin qu'il se multiplie. Elle aurait besoin de se concentrer puis elle pourrait prendre un moment pour apaiser ses sens. Combien de fois avait-elle fait cela ? Cela lui paraissait tellement sans importance qu'elle aurait bien été en peine d'en donner le chiffre exact. Des souvenirs vagues et pas trop désagréables. En général elle se remémorait des corps, pas des visages. Parfois elle oubliait même la couleur de leur peau. Bien sûr elle pensait se marier un jour mais surtout avoir des enfants. L'héritage était dans la

France impériale une notion presque sacrée. Dans ce contexte, les seuls êtres importants étaient ceux avec qui vous aviez des liens de sang. L'impératrice elle-même n'était pas mariée. La stérilité y compris chez les hommes était un frein occulte dans la plupart des carrières politiques. Pélagie aimait sensuellement la peau chaude masculine, leur bouche généreuse, toute leur stature plus grande et plus puissante que la sienne. Elle les aimait par où ils ne lui ressemblaient pas. Elle n'avait nullement besoin d'éprouver un quelconque sentiment romantique pour se laisser aller dans leurs bras.. Elle avait appris à attendre sans inquiétude le lever du désir. Beau et victorieux comme le soleil. Depuis qu'elle réussissait à payer pour obtenir ce qu'elle voulait, elle redoutait moins sa toute puissance. Elle avait même abandonné les remords et la tristesse. Le plus précieux était de vivre complètement l'instant présent. Pélage était anxieuse, regrettant constamment le passé ou se projetant sans pouvoir s'en empêcher dans un avenir plein de danger. Elle appréciait d'autant plus ces courts moments où le temps était suspendu et durant lesquels, sans effort, elle ne pensait plus à rien. Son compagnon du moment pouvait même lui inspirer une brève gratitude. Etait-ce ce qu'elle pouvait ressentir de plus proche d'un sentiment amoureux ? Peut-être. Elle ne se posait même plus la question. Sa collègue n'avait décidément pas remarqué leur manège ou bien n'y avait accordé aucune importance. Elle regardait la fumée de sa cigarette se superposer au fleuve jaunâtre. Ses cheveux coupés courts à cause de la chaleur bouclaient autour de ses oreilles. Pélagie la savait mariée et mère de trois enfants.

Enfin, le pilote les appela en faisant résonner la sirène de l'embarquement. L'ascenseur fut descendu le long des câbles. Il se balançait un peu malgré l'absence de vent et tous ceux qui y prenaient place à chacun de ses allers-retours en avaient l'estomac bousculé. Pélagie monta en dernier avec le planton et le frôla comme par accident. Ce bref contact lui confirma son attirance. Satisfaite elle gagna ensuite sans se retourner une des places assises près des hublots du dirigeable. Quand le désir se manifestait, elle était comme une proie vigilante dans l'herbe, immobile mais prête à détaler. Elle devait lutter contre sa propre envie de fuir. L'aéronef frôlait la canopée. Aucun oiseau, la faune se cachait, méfiante. La forêt était pourtant le territoire de quelques jaguars solitaires, de nombreux singes hurleurs, de saïmiris minuscules et de souriants paresseux bien dissimulés dans la végétation. Les humains somnolaient à l'intérieur du dirigeable. Aucun n'était zoologue et ils avaient cessé de s'intéresser à un paysage désormais familier, en dépit de ce que celui-ci avait de fantastique. Le soleil, franc comme à onze heures du matin un été en Europe, chauffait la toile métallique. Les passagers étouffaient malgré les ventilateurs. Pélagie songeait qu'un laboratoire n'est pas l'endroit idéal pour étudier le comportement d'un organisme vivant. C'est un univers trop pauvre, trop prévisible, pas assez compétitif. L'évolution est presque toujours une co-évolution. Ce lieu artificiel est seulement adapté à l'observation par une intelligence et des moyens limités et ne permet de saisir que quelques explications au comportement de ces êtres si différents d'un vertébré que sont les microbes. Les expériences sur les humains demeuraient officiellement très restreintes et Pélagie n'avait pas encore été autorisée à en organiser une. Elle se demandait avec curiosité comment se multiplierait le virus chimère qu'elle transportait à l'intérieur d'un hôte humain. Elle avait plusieurs fois été tentée d'en faire l'expérience sur elle-même

Elle songeait avec amusement qu'elle avait été transplantée dans un milieu très différent de son univers d'élevage et s'y était adaptée sans se reproduire. Les virus ont pour la plupart une spécificité d'hôte et ceux qu'on lui demandait de développer devaient être inféodés aux humains. Un accord tacite international protégeait en effet le bétail, la subsistance des populations civiles. Pélagie savait que sa création, comme tous les bricolages artificiels issus de la bioingénierie, était fragile et ne survivrait pas dans le milieu extérieur. Elle devait montrer beaucoup d'attention pour le manipuler exclusivement dans du sang de bœuf cuit. En revanche, les virus sauvages parvenaient généralement à se développer à l'intérieur d'un réservoir vivant. Il fallait donc conclure que les autres microbes étaient bel et bien domestiqués.

Le soldat s'était assis à quelques rangs devant elle, sur un siège réservé à l'encadrement militaire. La tête penchée en avant, il paraissait dormir. Pélagie regardait distraitement la nuque rasée. Elle se demandait quelle odeur elle dégageait. La senteur animale de la peau humaine ne se pouvait saisir que de près. En tout cas pour son odorat défectueux. Elle ne parvenait même pas à la distinguer de la simple sensation de chaleur. De même, la peau humaine n'a que très peu de goût. Celle qu'elle voyait était lisse, témoin d'une extrême jeunesse. Du col s'échappait la bordure déjà épaissie d'un tatouage bleuté. Pour Pélagie, seul le bétail était marqué. Elle connaissait la passivité de ces hommes au lit, leur quasi indifférence quand ils n'étaient pas tout simplement ivres. Cela lui convenait très bien. Sans illusion ni orgueil, la jeune femme ne leur en demandait pas davantage. Elle était aussi détachée de l'amour-propre dans ce domaine qu'une personne âgée.

Elle savait que les soldats étaient comme les autres hommes.

Le voyage était long jusqu'au cœur de la jungle et pénible aux estomacs sensibles à cause des bourrasques et des griffures des branches sur la toile. Le dirigeable devait frôler la canopée pour ne pas être dévié par les courants aériens. Il était comme un bateau longeant une côte. Le bruit que la végétation produisait sur la carlingue stressait la plupart des passagers.

Les pensées de Pélagie s'emmêlaient aux feuilles. Elle était sensible à la violence de l'environnement. Les images se présentaient à son esprit dans le désordre, mêlant les époques et les sujets, la structure géométrique des virus et la peau chaude de ses amants. Ses collègues ne savaient que peu de choses sur elle, son nom et son âge. Et ceux qui ne travaillaient pas avec elle ne savaient rien. Elle-même était peu physionomiste, peut-être en raison d'une vue assez mauvaise. Les détails des visages ne se fixaient pas dans son esprit. Ou bien était-ce un défaut de son cerveau. Il arrivait qu'elle hésite à reconnaître ses parents proches. Autant dire que la nouveauté d'un visage ne l'attirait pas. Ainsi aurait-elle pu être fidèle et ne l'était-elle pas par manque d'occasion. Aucune exigence particulière ne restreignait ses choix en matière de partenaire. Le snobisme lui était étranger. Tous les hommes étaient interchangeables ou presque pourvu que leur corps sût susciter son désir. Pour cela il fallait qu'ils fussent grands, forts et jeunes sans l'être trop. Minces, les épaules larges. Son idéal physique était classique et s'était fixé à vingt ans. Il avait commencé à s'esquisser vers l'âge de huit ans, à cause de la gentillesse soumise d'un jeune domestique étranger, très grand, blond et timide. Son idéal de domination avait précédé la capacité à ressentir le plaisir sexuel. Le désir lui-même s'allumait brièvement, étincelle capricieuse qui la réchauffait quelques secondes. Le passé des autres ne l'effrayait pas non plus, elle ne craignait que le sien, leurs cicatrices ne suscitaient en elle ni dégoût ni pitié.

Elle surprit au loin le cri d'un singe hurleur. En pleine journée et si près d'eux c'était inhabituel. Les autres passagers n'y avaient prêté aucune attention. Aucun d'eux ne prenait garde à la sauvage nature environnante. Ils étaient sourds au paysage sonore pourtant si varié, simplement de mauvaise humeur car l'alcool était formellement interdit au sein de la station forestière. Trop de matériel dangereux s'y trouvait. Les grands alcooliques étaient donc interdits de mission car on craignait pour eux et leur entourage les effets d'un brusque sevrage. Pélagie n'était dépendante de rien, ni produit ni être humain. D'une manière générale, tout ce qui était matériel l'indifférait : apparence, vêtements, nourriture, logement. Elle ne redoutait pas le séjour dans la jungle, entourée d'arbres comme un navigateur par l'océan. Quelques livres et un peu de matériel personnel lui suffisaient. Sa cabine se trouvait au dernier étage, surplombant la jungle. Le lit était juste assez large pour y accueillir quelques étreintes furtives. Le soldat savait-il que la jeune femme avait un certain statut dans la communauté ? Il devait se douter qu'elle pouvait au moins le faire emprisonner sur simple dénonciation et que sa parole ne pèserait pas lourd contre la sienne. Il serait donc de toute façon très prudent.

La tombée syncopée de la nuit les surprit au-dessus de la forêt tropicale. Le dirigeable parvint à la station sous un ciel noir. La lune couchée brillait dans la chaude atmosphère. Exceptionnellement, il y avait si peu de nuages que la voie lactée était visible. Pélagie ferma les yeux pour encaisser le choc de l'amarrage. Elle ne se leva que quand elle en reçut la consigne. Elle était disciplinée et rien ne la pressait de toute façon, leur seule obligation pour le soir serait de déposer leur bagage dans la cabine puis de descendre au repas qui de toute façon les attendrait. Elle repoussa une mèche brune derrière l'oreille. Ses yeux bleus balayèrent l'aire d'atterrissage. Le personnel était assez restreint dans la base, composé de quelques techniciens et de militaires en charge de la protection des lieux. Ce n'était pas une promotion mais ils avaient droit à un assez long congé après leur temps dans la jungle. Ce n'était pas mal vu non plus. C'était plutôt une période dont tout le monde évitait de parler.

Quoique le jour s'achevât, il faisait toujours aussi chaud. Le thermomètre de sa montre indiquait 32 degrés Celsius. Elle essuya avec un mouchoir la sueur de son cou. Elle laissait ses cheveux pousser juste assez pour protéger les oreilles et la nuque des atteintes du soleil. Du reste elle n'en avait pas beaucoup, comme toutes les femmes de sa famille. Ils étaient fins et elle les perdait de sorte que l'on pouvait reconnaître sa chaise aux cheveux tombés à terre à ses pieds.

Les chants des cigales se déchaînaient, accompagnés de milliers de crapauds. La nature foisonnante faisait écho à la férocité de la femme. Toutes deux ressortaient de la même sauvagerie simple, naturelle, légitime, bonne et agréable. Pélagie dormit bien cette nuit-là, dans le seul sentiment de son existence. Luxe incroyable, les draps étaient propres et surtout secs. Le bruit sourd et continu de la climatisation la berçait. Cela ne permettait pas tant de rafraîchir l'atmosphère que de chasser l'humidité et les insectes. Il n'y avait pas de fenêtre mais Pélagie ne craignait pas cet univers clos. D'autres le haïssaient tant qu'ils avaient surnommé le long couloir où se trouvaient les chambres « le sous-marin ».

Elle travailla beaucoup les jours suivants, comme toutes les fois où elle savait enfin ce qu'elle devait faire. Entre ses mains, selon d'antiques méthodes proches du bouturage, la petite horreur biologique prenait forme. Ç'aurait été trop de dire qu'elle prenait vie. Pélagie ne savait pas si les virus ressentaient la douleur. Et elle ne concevait pas la vie sans souffrance. Quand la chose, dûment multipliée à des milliards de milliards d'exemplaires, lui parut assez stable, elle suspendit le processus et plaça son œuvre en hibernation. Il fallait beaucoup d'énergie pour obtenir des sources de froid efficaces et fiables au cœur de la forêt amazonienne mais ce n'était pas sa partie, elle ne s'en préoccupait donc pas. Sa spécialité avait toujours été la vie et sa douleur. Contrôler cette douleur, au moins l'atténuer, c'était ce qu'elle avait toujours essayé de faire.

Elle prit sa décision rapidement, comme toujours. Elle se culpabilisait facilement, à propos de tout. Mais cette facette de sa vie restait une sorte d'intermède innocent. Depuis longtemps elle n'était plus une adolescente, seul son désir restait incroyablement jeune, violent, capricieux, agressif et amoral. Du reste, elle avait sur les soldats de fortune de l'impératrice les mêmes préjugés que les autres colons. Ils étaient un mal nécessaire à circonscrire aussi strictement qu'un pathogène. Un outil, une arme, de la viande. Au réfectoire, à la table des personnels, il était là. Il ne la regarda pas. Elle le frôla pour la seconde fois en murmurant le numéro de sa chambre et l'heure du soir où elle aurait fini sa journée.

A la tombée de la nuit, plongée dans un livre, elle avait presqu'oublié son rendez-vous. Il ne frappa pas car il ne voulait pas se signaler aux autres résidents. Sa haute silhouette s'encadra dans la porte qu'il referma sans bruit. On aurait dit un fantôme. Depuis son bureau Pélagie ne discernait pas bien les traits de son visage et ne s'en souciait pas. Se souvenir de lui en particulier n'importait pas pour le moment. Ce serait même plutôt encombrant. Son regard glissa sans se presser du crâne tondu aux épaules larges, à la taille mince, aux jambes solides. Pour l'instant elle ne voyait pas grand-chose d'autre. D'un geste, elle lui fit signe d'approcher. Elle percevait clairement sa gêne mais savait précisément ce dont elle avait envie. A force de pratique, elle avait appris à convoquer un à un ses désirs, à faire monter sa propre excitation jusqu'à son aboutissement. Peu importait alors que son partenaire du moment fût plus ou moins réceptif ou synchronisé. Ou même consentant.

Cependant, il n'osait pas s'approcher, comme effrayé par le regard fixe de la jeune femme, beaucoup trop explicite, à la limite de la menace. Elle se leva, le prit par le bras pour l'amener à s'asseoir sur le lit. Sans violence, sans douceur non plus. Ses doigts sentirent les muscles du bras se contracter. Elle se pencha et murmura « tiens-toi tranquille ». Il avait l'habitude des ordres, son corps se relâcha. La femme le poussa doucement sur le lit. Un désir trop vite satisfait n'apporte que peu de plaisir alors elle prit son temps. Ce n'était pas pour en donner à son compagnon. Elle caressa sa joue, essaya de l'embrasser mais il tourna la tête dans l'ombre. Quoiqu'un peu vexée, elle ne s'en formalisa pas. Elle ne se souciait pas de ce qu'il aimait mais de ce qu'il était prêt à faire. De toute façon, elle sentait son érection sous sa propre cuisse qui écrasait son sexe. Elle appuya un peu plus, pour lui faire mal, pour le punir quand même un peu. Il gémit sourdement, prenant peut-être du plaisir à être ainsi maltraité. Pélagie le caressa avec une lenteur énervante. Elle avait appris, au cours de ses expériences transactionnelles, à manipuler le corps masculin. C'était plaisant qu'il soit aussi prévisible. Son appétence pour lui était programmée au plus profond de son être. Elle défit sans se presser la ceinture de toile brune. Tout son poids pesait sur l'homme. Elle entrevit le tissu tendu du vêtement de dessous, dégagea le sexe dur et nervuré, découvrit le gland sensible. On aurait bien surpris Pélagie en lui disant qu'elle ne concevait aucun rapport intime sans violence. Aucune relation humaine sans rapport de dominance, qu'elle en fût elle-même la victime ou non.

Elle fit glisser le pantalon le long des hanches. Les mains de l'homme se crispèrent sur les draps du lit, les muscles de ses cuisses se contractèrent. Il râlait déjà de plaisir, les yeux blancs, la bouche ouverte.

Le corps masculin se tendait en arc vers elle. Cette vision la remuait, l'émouvait presque. Quant à ses gémissements étouffés, ils enflammaient son désir. Elle prit fermement le sexe par la racine, alternant les pressions. Puis elle se pencha lentement sur lui, embrassa l'intérieur de sa cuisse, surprise par la douceur de la peau, excitée par la chaleur de ce corps, tellement plus chaud que celui d'une femme. Le pouls battant du sexe, les mouvements dus à la pression sanguine, le faisaient pareil à un petit animal capturé par un chat. Le maintenant toujours avec autorité, elle le prit en elle, superficiellement, l'homme haletait mais contrôlait ses mouvements. Au terme de quelques va-et-vient, elle obtint satisfaction. Le sexe n'avait pénétré que d'un ou deux centimètres à l'intérieur de son vagin. La pression du gland sur son clitoris avait suffi à lui procurer du plaisir. Pélagie se désintéressa presqu'immédiatement de son partenaire. Elle roula sur le dos, un peu essoufflée, le cœur battant vite. Elle contempla un instant le plafond repeint récemment, déjà traversé d'une longue fissure. A ses côtés, l'homme luttait contre le sommeil. D'un coup d'œil, elle vit le désordre des vêtements, les membres écartés et sentit le mépris monter dans son cœur. Elle reporta son regard sur l'ampoule nue et éteinte au milieu du plafond. L'homme avait surpris l'expression de son visage, il ramena le drap sur son corps, chercha un mouchoir. Elle poussa vers lui un chiffon avec lequel elle avait essuyé son bureau. Sans s'expliquer pourquoi elle ne voulait pas qu'il parte tout de suite. Parce qu'il faisait chaud ou que les oiseaux chantaient ? Dans la pénombre, elle s'aperçut qu'il pleurait silencieusement et ne sut comment réagir. Parler était incongru alors elle caressa son épaule. Sous ses doigts le relief d'une cicatrice qu'elle n'avait pas pris la peine de remarquer. Peut-être l'impact ancien d'une arme blanche ou la cautérisation d'une balle. Pélagie s'attarda sur la suture naturelle, posa sans comprendre les lèvres dessus. L'homme se laissait faire, respirant plus calmement. Les yeux fermés, elle explora avec méthode toute la peau étrangère, guidée par une odeur chaude, éveillant des frissons dans le sillage de ses lèvres. Son partenaire se détendit peu à peu et finit par s'endormir. Le travail de ces hommes à la base était moins physique mais le climat suffisait souvent à les épuiser. Son arrivée sur le Territoire devait être récente car il semblait mal supporter la chaleur.

Elle se releva, indifférente, apaisée. Elle ne devait rien à personne et c'était très bien. Elle avait de nombreux ennemis, dangereux, hauts placés. Pour l'heure elle se trouvait hors de leur portée. La haine et l'agressivité possédaient son cœur depuis longtemps, ne laissant guère de place ni pour une autre passion ni même pour le moindre sentiment. Tous les humains lui paraissaient des êtres également haïssables, faux, hypocrites et lâches. Lassée des sourires qu'on lui prodiguait avant de rédiger une note assassine sur son travail, elle voyageait désormais sans désir de s'installer et se forçait à ne rendre service que quand elle en escomptait un retour. Les humains étaient des primates bien trop nombreux, invasifs, destructeurs, forts, rusés. Des mâles elle n'attendait qu'un plaisir passager et, plus tard peut-être, un enfant ou deux.

Elle finit par réveiller sans ménagement son compagnon. « Allez va-t'en maintenant. » L'homme regarda avec incrédulité le visage fermé, dépourvu de toute intention de séduction. Il était surpris de cette soudaine hostilité. Avec les lueurs déjà franches de l'aube, ses traits réguliers et anguleux devenaient visibles. Pélage contint l'envie incongrue de lui cracher au visage et lui désigna la porte sans plus de commentaire. Vite, il se rhabilla. Elle perçut son attente et lui tendit deux tickets d'alimentation, précieux dans le Territoire où tout ou presque était importé de la Métropole, en dépit des réserves importantes des pays frontaliers. C'était le prix habituel et elle n'imaginait pas qu'il voulût autre chose. Mais il attendait. Alors elle sentit la colère envahir son cœur et, sans l'avoir prévu, le frappa au visage. Surpris par le coup, incapable de concevoir une riposte, il tituba. Alors, emportée par ce qu'il y avait de plus mauvais au fond d'elle-même, elle se mit à le frapper sans retenue, excitée par le sang qui coulait maintenant de son nez. Le plaisir réveillait son sexe. Pélagie n'était pas grande mais tout de même adulte, rapide, violente. L'homme n'essayait même pas de l'arrêter. Sidéré par l'attaque. Il tomba à genou, recroquevillé sur lui-même. Elle finit par être rattrapée par l'inhibition inculquée par son éducation. Ses poings retombèrent, fermés encore. Elle tremblait comme les chiens qui vont se battre. Elle haït immédiatement le regret qui serra son cœur. Malgré tout, elle prit un mouchoir, se pencha vers lui, écarta les mains qui masquaient le visage et essuya le sang frais. Pour effacer les traces de sa brusque colère, ne pas éveiller l'attention. Mais il prit ce geste pour de la douceur, de la tendresse, se laissa faire en fermant les yeux. De très beaux yeux d'un bleu foncé, presque métallique, qui resteraient magnifiques quand tout le reste serait abîmé par l'âge et le malheur. Elle préférait ne plus les voir. Le lien entre eux n'était pas encore rompu et l'homme profitait de tout ce qui lui venait d'elle, de son avidité, de son agressivité, de sa passion. Leurs lèvres se rencontrèrent. Ses mains tentaient de rapprocher le corps de la femme du sien. C'étaient des gestes d'amant qui n'avaient rien à faire là. Le réflexe de s'attacher à qui vous fait souffrir. Parce qu'il se préoccupe suffisamment de vous pour prendre la peine de vous infliger une douleur. Sans comprendre pourquoi, Pélagie se laissa aller contre lui, dans un mouvement d'abandon qu'elle n'avait pas eu depuis bien longtemps. Elle se méfiait de tout et de tout le monde. Mais de ce soldat perdu elle sentait qu'elle n'avait rien à craindre. Peut-être même ne parlait-il pas sa langue. Alors il ne mentirait pas. Le corps est sincère. Ils s'embrassèrent comme deux adolescents. Elle vit de près le tatouage bleu dans le cou. Un curieux symbole qui ne lui disait rien. La marque d'un monde étranger. Elle-même ne portait aucune autre marque que ceux que la nature et le temps lui avaient faites. Elle n'aurait pas voulu être aussi facilement reconnaissable. Elle s'étonnait toujours que personne d'autre ne tînt à sa propre liberté. Tous étaient avides de rejoindre une organisation, une famille, une caserne et d'en porter les signes distinctifs. Comme c'était curieux. Pélagie était un animal qui peut se montrer tendre mais ne s'attache pas et surtout continue de déambuler sur un large territoire. Une bête souple, indépendante et défiante. Périodiquement secouée par le désir et cruellement indifférente aux membres de son espèce le reste du temps. Maintenant, elle aurait voulu l'entendre parler sans pouvoir dire pourquoi, dire quelque chose d'aussi dénué de sens que « je t'aime ». Elle réalisait qu'elle ne connaissait pas sa voix. Les soldats apprenaient vite à se taire dans le Centre. Rien ne devait transpirer à l'extérieur de ce qui s'y faisait, pour la sécurité de tous évidemment. Même les scientifiques y entraient sous des noms d'emprunts et des chiffres. Un échange de nom était donc impossible, interdit en tout cas. Les corps étrangers y étaient envoyés sciemment, pour leur docilité et leur capacité limitée à entrer en contact avec les chercheurs. Soudain, elle sentit les larmes de l'homme sur son propre visage. Cette fois il paraissait pourtant détendu. Et soudain il parla, d'une voix étrange, petite et douce, inattendue venant de ce grand corps :

- J'ai fait des choses…

Pélagie n'aimait pas entendre les souvenirs d'autrui alors elle se défendit vite :

- Peu importe, on ne peut pas changer le passé et, bien souvent, l'avenir non plus.

Tout de même, elle se rapprocha de lui et caressa la joue où subsistait un peu de la rondeur de l'enfance sous l'ombre de barbe nocturne. Maintenant elle comprenait qu'elle avait été attirée par sa jeunesse, une certaine forme d'innocence. Et elle ne put s'empêcher de poser à nouveau ses lèvres sur les siennes. Il était l'esclave de sa propre vie, comme elle-même l'était de la sienne. Elle était scientifique car née dans une famille qui l'était, appartenait à un peuple prétentieux et aventurier. Lui était là suite à un certain nombre de ratés. Elle éprouvait maintenant quelque chose qui ressemblait à de la sympathie et qui prenait peu à peu le pas sur le désir. Elle s'allongea à ses côtés, emplie d'un étrange sentiment de torpeur qui n'était pas de la fatigue. Une impression un peu semblable à celle qui vous envahit quand vous tenez un nouveau-né contre vous. La faiblesse d'autrui lui donne une emprise sur vous. Est-ce seulement féminin ? Ou plus généralement animal ? Les endorphines diffusaient dans tout son être, comme après un accouchement. Elle s'apaisait après avoir fait souffrir un homme jeune et désirable. Alors elle éprouva le besoin de rassurer :

- Ce n'est pas de ta faute.

Encouragé, surpris, il leva les yeux vers elle, ses yeux très clairs, ses yeux d'enfant.

- Les tests… nous y avons participé…

C'était bien ce qu'elle craignait d'entendre, ce pour quoi il était interdit de parler dans le Centre.

- Les tests…
- Oui, ils nous disent de déposer les éprouvettes dans une pièce… là où il y a les otages…
- Où cela a-t-il lieu ?

Elle tenait peut-être enfin une arme solide contre ses ennemis. Mais il était trop tôt pour savoir si elle n'allait pas se blesser elle-même avec. Alors elle interrogea l'homme avec précaution ou plutôt le poussa à s'épancher, l'orientant à peine. Lui se laissait enfin aller à parler, à soulager sa conscience. Il savait que c'était interdit, qu'il ne connaissait pas cette femme, qu'elle le trahirait certainement et causerait sa perte. Et pourtant il continua à parler, doucement, continûment, comme on se confesse, comme on se perd. Il racontait, dans un français hésitant, les expériences abominables, routinières. Parce qu'il devait les chercher, ses mots n'en étaient que plus précis, plus durs. La facilité de commettre le mal par conformisme plutôt que par haine. La colère retombe, la docilité, une fois apprise, non.

Cela se passait le plus souvent à la nuit close, quand même les bêtes sont silencieuses. Dans un bâtiment à l'écart.

Officiellement les armes biologiques n'étaient testées que sur des animaux humanisés par transgénisme. La manipulation était assez simple et pouvait être réalisée par un technicien.

Le génome humain était étrangement pauvre Les guerres, les épidémies avaient constitué plusieurs goulots d'étranglement. Quelle que soit leur taille ou la couleur de leur peau, les humains étaient très ennuyeusement semblables. Les tests s'avéraient donc affreusement efficaces.

Pélagie, appuyée sur son coude, observait, étonnée, les difficiles aveux sortir de cet homme. Son souffle soulevait à peine sa chemise. Elle réalisa distraitement à quel point il était mince. Même les muscles donnaient l'impression d'avoir fondu. C'était aussi un signe de jeunesse car cela s'en irait plus tard dans l'alcool et peut-être la drogue que l'on trouvait si facilement dans le Territoire. Par conformisme, par bravade, par bêtise, tous finissaient par se détruire eux-mêmes. Pour la plus enfantine des raisons : « faire comme tout le monde ».

Mais lui était capable d'avoir peur, d'avoir honte. Dans son langage il évitait les grossièretés. Il n'était pas vieux encore. Si elle avait eu pour lui un peu de compassion, elle l'aurait fait taire mais le laissa parler, lui décrire l'implacable système qu'elle avait jusque-là commodément ignoré. Elle voyait sur son cou saillir les veines comme sur les membres d'un cheval de course. Et lui regardait désespérément la femme s'éloigner alors qu'elle ne bougeait pas. Allongée contre lui, elle était déjà ailleurs, dans une lutte intestine, dans ses problèmes et d'autres rencontres sans importance. Pélagie le regardait sans le voir. Elle n'avait jamais éprouvé d'attachement durable et il était bien douloureux de s'en apercevoir contre le corps d'un être après tout si digne d'affection. Un de ces hommes qu'aucune femme n'avait jamais choyés, pas même leur propre mère. Son histoire devait être horriblement banale. Ses yeux trop bleus la gênaient maintenant. Elle ne savait pas que son propre regard était devenu lointain, froid et noir à cause de la dilatation des pupilles dans l'ombre. Il tenait avec force ses mains qui étaient petites mais sans finesse. Elles servaient à la vie quotidienne, au travail, pas à séduire. Pourtant leur peau ivoire était si douce. L'homme les contenait dans les siennes, vastes et abîmées. La femme se dégagea, n'aimant pas plus qu'un animal être immobilisée. Cependant elle se blottit contre lui, du mouvement libre et brusque d'un chat sensuel.

Il parlait, parlait de ces prisonniers qu'il avait contribué à amener sous les manguiers. Ils venaient des guerres menées aux marches de l'empire. C'étaient ceux pour qui personne n'était prêt à payer de rançon. Tant de gens n'avaient plus d'existence légale. Seuls quelques pays notaient scrupuleusement les naissances. Les autres ne pouvaient pas compter leurs morts. Dans ce chaos il était très facile de trouver des cobayes. Pélagie ne faisait pas partie de ce système mais c'était un hasard, parce que son virus en était encore au stade de la conception. Dans le passé, elle avait expérimenté sur de petits singes, faciles à nourrir et à maîtriser. Les autres visiteurs civils de la base menaient tous des tests sur des humains mais aucun d'entre eux n'en parlait. Pas parce qu'ils avaient honte mais parce qu'ils voulaient protéger leurs recherches.

Les fabricants d'armes biologiques pouvaient gagner de très grosses primes. A condition que d'autres n'exploitent pas avant leurs découvertes. Ils cultivaient donc entre eux la même méfiance qu'autrefois à l'université.

En revanche ils ne faisaient pas attention aux soldats. Pour eux ces derniers étaient des animaux armés, des chiens de garde qui se déplacent sur deux pattes. Mais certains n'étaient ni aveugles, ni sourds ni même idiots. Ils voyaient leurs crimes, leurs sales petites manœuvres jalouses. Ils comprenaient le rôle qu'on leur faisait jouer.

Habituellement les militaires ne cherchaient pas à s'intégrer, sachant qu'ils seraient affectés ailleurs au bout de quelques mois ou années. Il se contentaient de vivre en famille dans leurs locaux. Mais dans le Centre comprendre le fonctionnement d'autrui faisait partie de la survie.

L'homme finit par s'arrêter de parler, poussa un soupir de soulagement et étendit un bras autour de sa compagne.

Sous les volets elle surprit le ciel qui devenait bleu éclatant. Le jour se levait aussi vite que la nuit tombait.

- Va-t-en maintenant, vite, murmura-t-elle. Au centre, l'indulgence pour la vie privée ne demeurait que si elle restait secrète. L'homme s'interrompit donc, se leva, rectifia distraitement sa tenue. Il se tourna encore vers elle.
- Tu peux revenir demain soir.

Elle ne lui dit cela que pour le voir partir plus vite, en se maudissant de se faire piéger par je ne sais quelle sentimentalité ridicule. Par la pitié que l'on accorde spontanément aux chats perdus, aux chiens errants, aux enfants sans étayage. Même quand on ne peut rien pour eux. Pour s'apaiser elle-même elle songea qu'il serait agréable de retrouver la peau jeune, ferme, à l'odeur de cuir chaud. Elle se passait ses vertus en en faisant des vices. Au moment de le quitter elle caressa encore sa joue sans réfléchir. C'était ce genre de gestes qui lui avait attaché Max. Elle se demanda si elle ne pourrait pas écourter son séjour au Centre. Mais il lui restait du travail et elle se reprocha sa lâcheté. Elle se dit crânement qu'il ne serait pas le premier qu'elle éconduirait quand elle n'en aurait plus le besoin ou l'envie. Une sorte de curiosité s'imposait à elle : ses relations d'un soir n'avaient jusqu'alors pas connu de récidive. Ce serait le commencement d'une habitude. Pourtant tout hurlait en elle. La haine, la méfiance d'une femelle dont le mâle est plus gros se tordaient dans son cœur. Le besoin de lui arracher la tête ou le cœur la torturait.

Heureusement, le travail de la journée la détourna de ses propres craintes et c'est presque calmement qu'elle l'attendit le soir suivant. Sans comprendre pourquoi, elle ne fut ni prudente ni douce. Elle éluda l'approche, s'agrippa à lui et mordit son épaule à travers l'épais tissu d'uniforme. En une seconde elle sentit le goût du fer dans sa bouche. L'homme n'essaya pas de se débarrasser d'elle. Il contrôlait l'expression de sa douleur, se soumettait à l'emprise de ce qui n'avait pas de prix au fond de la jungle : une femme. La courbe prononcée des hanches paraissait une agréable hallucination. La douceur de sa peau lui était surnaturelle. Sans savoir comment, ils se retrouvèrent sur le lit, luttant dans le noir en étouffant leurs cris, comme nombre de petits animaux dans la forêt ou les marais. Les agoutis au derrière fauve, les serpents, les caïmans noirs aux grands yeux dorés. Chacun sut trouver le chemin de l'autre. Ils commençaient à reconnaître leur odeur, à la sélectionner préférentiellement dans la communauté confinée.

Pélagie aimait cette peau-là, en apprenait les accidents par cœur. Elle n'avait pas peur d'un homme quasi muet et sans visage, touché avec délice dans l'ombre, les bruits des oiseaux nocturnes, la sécurité d'une chambre close et déjà trop tard. Mais elle cherchait malgré elle une issue de secours. Elle se méfiait de sa propre sensibilité à fleur de peau, des larmes qui pouvaient jaillir, de la honte, des souvenirs, du passé, du présent, de l'avenir. Elle ne lui demanda pas son nom, à quoi bon, il y avait fort peu de chance que ce soit le vrai. Il n'y avait rien à faire : elle ne s'intéressait à rien d'autre qu'à son corps. Elle ne parvenait pas à communiquer autrement. Ses yeux clairs, son front jeune sillonné de rides précoces, déjà soucieux, ses mains encore juvéniles. Une sympathie spontanée allait de sa propre peau à tout cela. Comme à un bel animal en quête d'un maître. Un chien qu'on caresse sans y penser et qui entoure votre jambe avec sa patte en cherchant votre regard et vous attend le jour suivant au même endroit à la même heure. Humble, fidèle et naïf. Et tellement insistant.

Avec le temps, Pélagie s'était résignée à vivre avec une souffrance incompréhensible, ridicule, permanente. Auprès de cet homme, celle-ci s'envolait brièvement. Et tout cela parce que lui l'avait regardée brièvement. Elle s'en voulait de rester aussi sensible à l'attention d'autrui. Pour son malheur elle gardait au fond de son cœur un inarrachable désir de plaire. Elle restait cette enfant isolée qu'elle avait été à l'école. Qu'il aurait été plus simple et confortable d'être réellement indifférente, froide et désagréable ainsi qu'elle était perçue par ses congénères.

Ils se revirent, soir après soir, de plus en plus méfiants vis-à-vis des autres colons du Centre. Heureusement, les gens ne se manifestaient que peu d'intérêt en général. Ils vivaient tous dans l'attente angoissée, résignée, du retour vers la ville. A les entendre tout était mieux dans la Métropole : les personnes, la nourriture, les logements. C'était à se demander ce qu'ils étaient venus faire dans le Territoire.

Leur schizophrénie tournait à la suffisance. Ils oubliaient ce qui les avait fait fuir : l'absence de possibilité de carrière ou d'amour. En somme des motivations humaines qui sont toujours les mêmes : sexe et pouvoir.

Pélagie s'attachait doucement, sans le vouloir, à cet homme comme à un enfant dont on lui aurait confié la responsabilité. Rien d'honorable, pourtant, dans tout cela. Elle aimait sentir que sa liberté, sa vie même dépendaient de ce qu'elle aurait pu dire au directeur du Centre. Que comprenait-il de tout cela ? Peut-être tout mais il l'acceptait. Il n'était pas bête, avait voyagé, connu beaucoup de pays différents, vu de nombreuses intrigues, compris les vertus du silence. Pélagie ne le traitait pas comme un simple numéro. Elle l'écoutait parler, se raconter sans solliciter les confidences. Cela lui épargnait de s'exposer elle-même.

Pélagie n'était pas à ses propres yeux une vraie scientifique, une chercheuse. Elle se voyait comme une sorte de bioingénieure de l'horreur. Les luttes de pouvoir ne l'intéressaient pas au contraire des réalités du terrain. Tout ce qu'elle savait faire était de modifier le squelette d'un virus pour en faire le véhicule d'autre chose : une information, une maladie, parfois un remède. Evidemment, ces créations étaient encore plus fragiles qu'un virus sauvage et ne survivaient guère dans le milieu extérieur. En cas de projection sur la peau, un simple lavage à l'eau et au savon suffisait à s'en débarrasser. Confronté à un système immunitaire en bon état, il ne faisait pas non plus long feu. Chez un individu affaibli ou une femme enceinte, il pouvait faire des ravages.

Le contact d'un homme jeune lui changeait les idées, lui rendait sa jeunesse trop occupée qu'elle n'avait pas vue fuir. Lui n'avait pas besoin de stimulation permanente. Dans la petite chambre, il donnait l'impression de ne penser à rien. Par-dessus tout il ne paraissait pas se lasser. Parfois, elle le frappait à nouveau, sans bien savoir pourquoi, comme on donne un coup de poing dans un mur, pour se calmer d'une façon stupide. Avec sagesse, il protégeait son visage, ne répliquait pas, attendait qu'elle épuise sa colère et sa force. Jamais elle ne sentit de révolte face à ses coups. Elle aurait voulu le faire réagir davantage mais devait se contenter de cela. Il lui donnait une forme malsaine de plaisir et le savait. Cela la rendait dépendante de sa complaisance. Comment expliquait-il ensuite les marques sur son corps ? Peut-être en était-il fier, comment d'autant de preuves de sa bonne fortune. Les femmes étaient devenues si distantes. Il y en avait pourtant un certain nombre dans l'armée, aux postes de commandement ou de logistique.

Le jour du retour arriva et il fallut refermer la valise à peine défaite. Le soulagement et la fébrilité étaient dans l'air. Pour la première fois, Pélagie évitait de penser à l'avenir. Elle se contentait de vivre le moment présent. Les différents corps de métier pouvaient passer des années côte à côte sans jamais se rencontrer. Au débarcadère, elle partit sans tourner la tête. Elle avait toujours été timide et imprévisible, personne ne s'étonna.

Pélagie était attachée aux lieux, plus qu'aux personnes. Ce fonctionnement territorial était ancien. Elle retrouva avec plaisir son logement de fonction aux murs décrépis dont elle avait appris par cœur les accidents. Elle s'appliqua à oublier l'homme dont elle avait partagé la vie. Ce fut plus dur cette fois. L'épaisse, la douce, la miséricordieuse solitude se fit lourde. Elle connaissait le désir mais ne savait pas mettre de nom sur ce qu'elle ressentait : le manque.

Le jour de Pâques, le bouillon d'awara avait un goût amer. Le goût sucré, salé, huileux, la couleur orange l'attristèrent sans qu'elle pût s'avouer pourquoi. La nausée aurait dû l'alerter mais elle refusait de voir la réalité. Elle avait toujours su cloisonner les différents éléments de son existence. Le contrôle lui échappait sans qu'elle voulût l'admettre. Son corps était pourtant plein de force, de vie, de violence, comme la nature qui entourait sa maison. Les plantes repoussaient un peu plus à chaque pluie, envahissaient les fossés et tentaient de gagner l'intérieur des maisons. Un papayer s'élançait hors d'un caniveau et donnait déjà des fruits. Les geckos, les insectes, les grenouilles grouillaient tout autour. Il suffirait de six mois sans entretien pour que la jungle dévore les bâtiments.

Pourtant elle avait souhaité cet événement. Tout en ayant toujours été incapable d'en donner la raison.

Elle s'occupait de son travail, de suivre au microscope les progrès de sa création. Cet étrange objet minuscule et chevelu, si fragile et si dangereux. Qui pouvait rendre tant de services et causer d'innombrables dégâts. Cela poussait, se divisait, s'agrégeait même pour une raison qu'elle ne s'expliquait pas. Cela se comportait comme un champignon. La chose cherchait les ressources autour d'elle, étendait des pseudopodes, se multipliait pour les atteindre. Il suffirait de cesser de l'alimenter plus d'une heure et ce qui n'aurait jamais dû être cesserait d'exister.

Pélagie ne se demandait même plus si cela était naturel. Cette créature lui échappait de toute façon et évoluait pour son propre compte. C'était d'ailleurs plus une coopération entre deux espèces que la création d'une nouvelle par une autre.

Cela était biologique et cela vivait, que fallait-il de plus pour avoir le droit de continuer à vivre ?

Les déplacés libres de Pointe-Bonaparte n'étaient pas connus pour leur fiabilité mais les gens étaient particulièrement faciles à retrouver dans la petite colonie. Pélagie reçut un jour un message par le système de pneumatique installé par la préfecture. Rien d'extraordinaire, il suffisait de payer l'envoi. L'homme rencontré au Centre disait qu'il allait venir au laboratoire sans préciser quand. C'est peu dire qu'elle lut le message sans plaisir. Elle ressentit une impression de suffocation. Elle se demanda avec un peu d'irritation pourquoi elle trouvait toujours toute attention masculine désagréable. Comme un chat griffe au milieu d'une caresse. Parce que la limite entre le plaisir et l'inconfort est aisément franchie.

Elle repérait rapidement tout regard d'homme, comme un petit animal qui se sent épié par un prédateur. Et puis elle essayait d'oublier les aveux poisseux et lourds d'une nuit de jungle.

L'homme vint effectivement. Il n'avait pas précisé la date comme s'il savait que, s'il le faisait, elle s'arrangerait pour ne pas être présente ce jour-là. Quand elle le vit entrer dans son bureau, elle lui sourit de façon automatique mais une sorte d'alarme s'était déclenchée à l'intérieur de sa tête. Pouvait-elle accepter avec reconnaissance un semblant de vie normale ? Une relation régulière, sereine ? Un rapport humain. Ils ne parlèrent que très peu. Pélagie ne voulait pas qu'il revienne au laboratoire mais n'osa pas le lui dire. Très étonnée du plaisir inattendu qu'elle prenait à pousser un siège vers lui, à caresser sa joue sans rencontrer de résistance, à lui proposer un café, elle ne faisait rien pour contenir l'envie meurtrière qui se développait en parallèle avec lenteur, avec majesté. Elle avait peur, tout se savait trop vite. Déjà certaines langues avaient commencé à s'agiter. Des têtes émergeaient à peine des embrasures des portes pour jeter un coup d'œil au visiteur d'un bureau qui n'en recevait jamais.

Alors elle commit une mauvaise action en affectant d'en ignorer les causes réelles. Une façon bien à elle de prouver son désir. Une manière inspirée par l'insatisfaction et la souffrance qui faisaient depuis trop longtemps le fond de son caractère. Elle ne se demandait plus ce qui aurait pu donner un sens à sa vie ou simplement du plaisir.

Elle demanda à sa hiérarchie un volontaire sain pour ses propres essais. Elle précisa tranquillement lequel en décrivant le tatouage bleu dans le cou et d'autres signes particuliers, affirma avoir déjà étudié ses qualités. La précision de sa mémoire l'étonna. Comme elle disposait d'un accès direct à son supérieur et d'informations sensibles, sa demande fut satisfaite sans plus de scrupule. Paris n'exprima ni étonnement ni réprobation. Pélagie constata avec amertume qu'il était aisé de disposer d'un être humain. Elle savait aussi qu'elle se condamnait elle-même à un séjour prolongé dans la forêt.

Quel fut la réaction du jeune homme lorsqu'un de ses supérieurs lui apprit son affectation définitive au Centre ? Pélagie ne le sut pas car elle ne le revit qu'après son transfert. Son regard était vide. Insensible. Cela apaisa la femme, la remplit d'une joie dominatrice, mauvaise. Se laisser aller à des gestes doux ne lui était possible que si elle contrôlait autrui. Sans que personne ne s'en étonne, elle obtint qu'il loge dans une chambre attenante à la sienne. Ce serait la première fois depuis des années qu'il aurait un espace personnel. Le confort qu'elle lui offrait était à ses yeux une forme de compensation. Le soir, elle se blottissait contre lui comme un enfant en quête de sécurité. Il n'osait plus la toucher. Il avait peur. Mais elle n'avait plus envie de lui faire de mal. Elle ignorait tranquillement les rappels de son supérieur. Transmettre des titres d'anticorps factices après infection du sujet ne la dérangeait pas. Elle n'avait jamais sacralisé la science. Ce n'était à ses yeux qu'un moyen et non un idéal. Par prudence, elle développa un virus inoffensif qui ne provoquait qu'un rhume passager. Elle l'utiliserait s'il lui fallait produire des résultats authentifiés. Doucement, il reprit confiance mais ne lui pardonnait pas. Il prenait patience en guettant les possibilités d'évasion. Dans la jungle elles étaient nulles pour un étranger, à peine raisonnables pour un autochtone. Pélagie pouvait presque lire tout cela dans son esprit et, avec inconséquence, s'en désolait. Il était simple, prévisible, pur. C'est peut-être ce qui lui plaisait le plus en lui. Mais elle ne songeait pas à lui dire des sottises lénifiantes telles que « je t'aime ». Cela aurait sonné comme une insulte. Elle n'essayait pas non plus de s'expliquer. Depuis longtemps elle y avait renoncé quand toutes ses tentatives durant l'enfance et la jeunesse avaient échoué. Le sentiment d'exclusion était le premier ressenti en présence d'un groupe d'enfants. Alors elle laissait son corps s'exprimer. Et le sien lui répondait.

Une même sympathie physique continuait de les unir. Un dialogue de caresses, de baisers timides et d'étreintes.

Aimait-elle ? Etait-elle amoureuse ? La question n'avait aucun sens.

Petit à petit, l'homme fut convaincu que la femme était enceinte. Vivant dans son intimité, il vit la poitrine gonflée, très blanche, traversée de veines bleues, les aréoles larges, boutonneuses et foncées, le ventre bombé comme un bouclier. Ce fut donc lui qui lui fit prendre conscience de sa grossesse. Elle en fut sincèrement surprise. N'ayant pas eu d'autre commerce intime depuis leur rencontre, elle conclut devant lui qu'il était le père. Alors l'attitude de l'homme changea. La méfiance céda le pas à une sorte de douceur protectrice, ombrageuse.

Elle vivait pourtant sa grossesse avec naturel et n'avait pas besoin de défense. Ce n'était pas une situation inédite pour la base. Le médecin du Centre la suivit sans s'étonner. Elle n'avait que très peu de signes et seul son ventre de plus en plus rond lui rappelait son état. Elle pensait curieusement à l'énorme tortue bleue qu'elle avait vue recouvrir ses œufs sur une plage à l'aide de ses membres étranges de créature marine. Avec l'eau de mer et les algues qui tombaient sur les côtés de son visage d'animal, elle donnait l'impression de pleurer. La beauté d'une tortue luth est sans pareille. Au loin patientaient les sinistres urubus noirs et les chiens errants.

Son compagnon n'avait que son travail auprès d'elle. Il ne participait plus à la protection du Centre. Celui lui valait une sorte d'impatience de la part de ses camarades, pourtant ceux-ci ne l'enviaient pas, sentant obscurément qu'il pourrait faire partie un jour de ceux qu'ils amenaient, la nuit tombée, sous les manguiers. Il continuait à manger au réfectoire où les autres soldats lui jetaient des coups d'œil furtifs. Il leur répondait par des regards de défi. Aucun secours ne pouvait lui venir d'eux. La routine plutôt que la solidarité unissait ces hommes. Les légendes qui couraient sur leur compte ne leur étaient d'aucune aide. La plupart n'étaient ni aussi courageux ni aussi dangereux que ce que les civils croyaient. Ils s'accommodaient d'un mode de vie rude et marginal, sans responsabilités familiales ou administratives. Infantilisés sur le plan financier, ils étaient à la fois forts, bien entraînés et domestiqués mais, au fond, ils n'avaient rien d'exceptionnel. Certains aspiraient à la fuite, à la vie de famille. D'autres vivaient dans une sorte de bonheur où ils avaient trouvé leur place, du moins tant qu'ils conserveraient une certaine force physique. Peu d'entre eux songeaient à préparer cet avenir et c'était bien une des rares choses que personne ne prenait en charge à leur place.

L'Administration veillait à ce que rien ne dérangeât l'étouffante monotonie des jours. De lointaines échauffourées dans la forêt ne concernaient qu'à peine les résidents du Centre. La plupart de ceux-ci souffrait d'un ennui épais comme un sirop.

Pélagie regardait chaque matin dans la cour le tunnel de terre construit par les termites et qui menait à une énorme masse noire accolée à un tronc. Les fourmis circulaient à l'air libre, transportant des morceaux de feuille, des fleurs, parfois même des mégots de cigarette.

Le soir elle caressait la peau de son compagnon, attentive à ses subtils messages et sourde aux cris de désarroi bien réels de cet homme. Du bout des doigts, elle lui donnait du plaisir sans lui demander son avis. Il lui suffisait que son corps lui réponde. Ses gémissements étaient comme des cris d'oiseaux amoureux. Elle était heureuse et explorait cette peau aussi loin que possible, sans tabou, sans scrupule. Il était son jouet, sa propriété, sa récompense. C'était en cela que l'on sentait la fille de famille, fonctionnaire du gouvernement impérial Waleska. Despotique et égoïste. Hédoniste aussi. A Paris la fête ne cessait jamais. Les véhicules privés filaient joyeusement dans l'incertaine lueur des becs de gaz. Tout cela aux dépens d'une bonne partie du monde. Il fallait vivre vite, bien, pour l'oublier. Parmi ces bêtes féroces en robe de soie, les coloniales étaient les pires. Loin de la censure des familles, des amis, riches de leurs primes d'éloignement mais prisonnières de petites villes sans attrait, elles se permettaient tout et un peu plus. Certaines que personne au pays ne le saurait jamais. Et elles aimaient l'exotisme, se précipitaient sur tout ce qui ne ressemblait pas à leurs compatriotes un peu ternes et sentencieux. Ici les hommes étaient des proies ou des bêtes à vendre. De leur côté ils espéraient trouver la femme blanche qui les emmènerait en Métropole. En peu de temps chacune en prenait conscience et en profitait comme on leur avait appris à le faire depuis le berceau. Et cela ne durait jamais très longtemps.

En comparaison, Pélagie avait fait preuve de délicatesse en s'installant dans une sorte de relation durable. L'homme essayait désespérément de l'atteindre, d'obtenir un peu de liberté physique, sortir, accompagner les patrouilles, et puis surtout le droit de se refuser. Elle était sourde à ce type de demande. Chaque jour la rendait plus avide, possessive, tyrannique. Cela l'étonnait elle-même car jusqu'à présent elle avait toujours su partir sans se retourner et tout reprendre plus loin. Et puis elle se trouvait elle-même si peu digne d'attention sans parler d'amour. Alors pourquoi s'accrocher à cette branche humaine, tombée en travers de son chemin par hasard, comme un chablis sur un layon? Elle s'étonnait de le comparer à une branche morte. C'était pourtant ce qu'il était : un être coupé de ses racines.

D'autres étaient plus beaux, plus instruits. Mais aucun n'était à ce point en son pouvoir. Et tout cela par un concours de circonstances presqu'involontaire. Ayant depuis longtemps fait le deuil de la confiance humaine, elle se satisfaisait de cette relation curieusement solide. Comme si elle avait été programmée de toute éternité pour une union monogame et passionnée. Ce qu'elle refusait, ce qu'elle réprouvait. Elle avait toujours été accrochée à sa liberté et rétive à la suffisance masculine. Quant à l'homme, dans le fond il était heureux comme un chien à la chaîne à la porte de la maison du maître. Ce qui les unissait le plus intimement était l'incertitude du lendemain qui, pour des raisons diverses, les avait toujours torturés. Depuis quelques temps, elle se trouvait belle, avec son ventre intact, sa peau blanche dans les zones recouvertes, ses formes outrageusement féminines soulignées de fines vergetures qui attestaient de leur florissement récent.

Lui avait un corps mince, musclé, sec. Elle aimait ses yeux bleus, étonnamment purs, jeunes avec leurs cils d'enfant. Il avait pourtant tué, maltraité des prisonniers mais conservait l'innocence de ceux qui n'ont jamais anticipé l'avenir.

Le visage de la femme, bien construit, beau vu de loin, n'inspirait à cause de cela aucune peur, un peu de gêne tout au plus. Elle peinait à être prise au sérieux à cause de sa petite stature et de sa voix aiguë. Mais elle s'en servait aussi pour manipuler ses semblables, les prenant au piège de leur propre vanité. Elle avait la fragilité d'une araignée venimeuse.

Les larmes des tortues marines, leurs efforts contre la gravité terrestre pour se hisser sur la plage et se délivrer de leurs œufs, le silence soudain de la mer, le lever de la lune, tout cela faisait depuis quelques temps le fond de ses rêves. En effet, elle rêvait beaucoup, comme les gens en train de guérir d'une dépression. Son cerveau faisait le vide, se nettoyait au milieu de cent images absurdes et souvent obscènes. Elle maintenait contre elle le corps de son compagnon, le mordait parfois. Elle aimait son visage où le soleil et la fatigue physique avaient gravé une expression soucieuse malgré sa jeunesse. Il ne souriait presque jamais et cela lui paraissait naturel. Elle-même ne le faisait que par gêne, comme un singe dominé. Une figure sans expression était au repos et reposante. Toutes les mimiques nécessaires à la communication humaine, elle avait dû les apprendre, aucune ne lui était naturelle. Quant à son compagnon, la prudence lui avait fait apprendre à afficher un visage neutre. Mais autrefois il avait pleuré, il avait ri, sans que personne ne lui ait expliqué comment faire ni pourquoi. Pélagie ressentait cela comme une supériorité par rapport à elle, pas comme une faiblesse. Les sentiments, les émotions, étaient pour elle d'énormes masses indistinctes, des vagues énormes qui se fracassaient sur son cœur. Elle avait bien du mal à les individualiser, à les nommer, sans parler de les maîtriser. La question « à quoi tu penses ? » n'avait souvent aucun sens. Elle ne pensait pas, ne formulait pas d'idées en mots, son esprit voguait comme un bouchon de liège sur une mer démontée. Cela figeait son regard, son corps, mais était indicible.

Son compagnon ne lui posait jamais de question. Peut-être sa maîtrise aléatoire de la langue ne le lui permettait-elle pas. Ou bien ne savait-il pas ce qu'il aurait pu demander. Jamais il ne s'était penché sur lui-même. Plus vraisemblablement avait-il peur. Elle était insaisissable, il ne parvenait pas à la comprendre. Il essayait de l'intéresser, lui désignant le soir un tapir noir et silencieux qui traversait la cour, un petit macaque attaché sur l'épaule d'un garde, avec sa tête mignonne et minuscule. Une pauvre bête orpheline et captive qui, quand elle n'était pas dans les bras de quelqu'un, s'accrochait à une peluche sale. Elle payait bien cher de ne plus risquer un coup de feu. Son poil n'était pas beau comme celui des animaux libres mais mité et sale. Il évoquait celui d'un chien errant. Pélagie aurait bien conseillé de le relâcher tant elle avait du mal à supporter l'humiliation de cette bête. Pourtant il avait encore besoin de lait et d'affection. Les chats minces se promenaient dans le Centre ainsi que trois gros chiens. Différents mais unis, ces animaux commensaux n'avaient pas de conflit entre eux. Il n'y avait pas de compétition pour la nourriture car les humains produisaient déchets et surplus. Pélagie leur parlait plus souvent qu'à ses congénères et ne se forçait pas pour chercher leur regard. Elle pouvait décrire le caractère de chacun et reconnaître leur voix.

Et ce qu'elle voyait chez un animal lui restait invisible chez un jeune homme contraint à une inaction inhabituelle. Il s'exerçait dans sa chambre, avec l'acharnement d'un prisonnier. Parfois cependant elle remarquait avec étonnement sa peau terne, pâlie, ses yeux un peu creusés. Non, ce que le macaque lui murmurait elle ne l'entendait pas dans la bouche d'un compagnon de sa propre espèce.

Il ne disposait que de quelques centaines de mots pour transmettre un intense sentiment de confusion, d'isolement voire d'exclusion.

Pélagie avait parfois le sentiment qu'elle serait découverte, que quelqu'un se rendrait compte un jour qu'elle n'était pas vraiment humaine et le lui ferait payer. Et pourtant elle sentait en elle tous les travers humains : la ruse, la force. L'intelligence au service d'une adaptabilité hors du commun. Toutes les qualités d'une espèce invasive et de ses commensaux.

Parfois certains êtres faisaient vibrer en elle des émotions irrésistibles. Rien ne l'émouvait comme le cou sans force d'un bébé ou le regard d'un homme très jeune. La faiblesse dans un corps puissant ou la force à venir, déjà perceptible dans de comiques efforts pour redresser la tête. Dans le fond c'était presque la même chose.

Le matin après la douche elle tordait ses cheveux sans beauté sur sa tête. La chaleur l'accablait. Sa nuque était moite. Elle essuyait la sueur d'un revers de main. Son odeur était plaisante, une pointe de musc et un fond de savon. C'était celle d'une femme qui n'avait pas eu d'enfant. Un parfum intact, discret, généreux quand même. Unique et fort. Etait-ce pour cela que l'homme fermait les yeux quand il la tenait dans ses bras ? Pour saisir cette silhouette immatérielle et rassurante. Si fermement dessinée.

Elle ne pensait à rien quand elle caressait d'une main légère les fesses de son amant, comme on effleure une œuvre d'art pour mieux la fixer dans son esprit. Le postérieur masculin fascine et excite la plupart des femmes par les différences subtiles qu'il affiche avec celui de l'autre sexe. Plus petit, moins recouvert de graisse, haut placé, prolongé par une taille droite. Et pourtant il a aussi un érotisme troublant. Sa passivité, sa force, le secret de la position debout. C'est curieusement ce qu'il y a de plus humain dans une silhouette. Et sa beauté paraît presque gratuite. Le toucher était pour Pélagie un émerveillement continu. Un privilège insensé. Peu importaient les larmes sur un visage dont le bonheur aurait dû être de sa responsabilité. Les yeux de Pélagie se fermaient, message d'amitié chez les chats et d'indifférence pour les humains. Pouvait-il le comprendre, lui, cet être désespérément normal dont jamais personne n'eût dû lui permettre la compagnie ? Il craignait déjà la lassitude à venir, qu'il devinait si prompte dans ce cerveau constamment en mouvement. Les éruptions s'en laissaient deviner dans ses paroles rapides, sautant d'un sujet à l'autre, d'une référence obscure à la suivante, dans ses sourires inattendus puis rentrés, voilés comme une nudité, dans son incapacité à gérer ses brusques chagrins et ses colères soudaines. Oui, quand il ne la satisferait plus, pire, quand il l'ennuierait, qu'adviendrait-il alors de lui ? Est-ce qu'elle le jetterait comme elle le faisait des robes déchirées qu'elle ne prenait pas la peine de faire recoudre ? Il avait toujours été une chose aux yeux de ses employeurs, une ressource, il ne pouvait imaginer qu'il en fût un jour autrement. C'était un homme physiquement courageux, fort d'ailleurs, comme le sont par nécessité les soldats de fortune et pourtant il avait peur de simplement lui poser la question. Elle représentait un danger que personne ne lui avait appris à contourner. Quelque chose de plus compliqué qu'une femme, de plus proche d'un animal. D'assez semblable à un enfant capricieux finalement. Pourtant, le désir continuait de l'attacher à ce corps où commençait de prendre forme son premier enfant. Il ne pouvait pas non plus se permettre la méfiance. Elle lui demandait tout, d'abandonner son sort à son bon vouloir. Ses vingt-deux ans affrontaient là une épreuve inattendue et interminable.

Elle aussi avait quasiment accepté de ne plus jamais revenir du Centre. Tant il est vrai que le geôlier est parfois aussi contraint que le prisonnier.

C'est ainsi que l'expatriation se transforme doucement en émigration. Le premier retour est joyeux, la visite aux amis et aux parents chargée d'émotions et puis, petit à petit, la rupture se fait, la vie s'enracine dans sa nouvelle place et vous devenez indifférent puis importun aux anciennes connaissances. Le nouveau pays vous possède, avec son histoire et ses êtres invisibles dont vous méconnaissez le langage. Les arbres de la forêt vous empoisonnent de leur respiration, le fleuve vous hypnotise, l'humidité se rend indispensable à votre peau.

Jusqu'à présent Pélagie avait toujours lutté contre la violence de ses propres rêves, elle s'y abandonnait maintenant avec une joie féroce et égoïste. Que cela broie un homme au passage était un détail sans importance. Qu'il soit un soldat de l'empire Waleska n'était pas indifférent. Son rôle était de combattre et d'être détruit au service d'une entité cruelle et hédoniste. Tout cela pour un peu d'argent que l'Administration oubliait sans scrupule de lui verser. En effet, si ntles rentrées étaient régulières, cela lui aurait peut-être permis de faire des plans d'avenir au lieu de s'en remettre complètement à sa hiérarchie.

Dans l'imaginaire de ce pays, de cette époque, l'idéal était de se consacrer à une entité supérieure vaguement féminine. Qu'elle soit la Vierge, l'Impératrice, la Science ou plus simplement une femme. On parlait de fée électricité, d'apparitions mariales, de victoire de la Raison. Ces événements paraissaient sans rapport entre eux mais émergeaient du tissu serré de l'air du temps. Beaucoup, beaucoup d'hommes faisaient ce choix de servir sans bien prendre conscience que l'inconscient collectif le leur soufflait. Ils le faisaient d'autant plus qu'ils n'étaient pas intellectuellement ou socialement armés. Dans un monde où la bonté féminine avait disparu, elle inspirait plus que jamais une profonde nostalgie. Certaines femmes étaient assez subtiles pour le comprendre et en jouaient au plus haut niveau de l'Etat avec un art consommé de la propagande. Croyaient-elles elles-mêmes à leur capacité de compassion ? Le cynisme politique leur faisait écarter cette pensée.

En ces temps de réalisme, ceux qui le pouvaient ne jouaient pas pour l'amour du risque mais pour gagner.

L'impulsion, le goût de l'adrénaline, le manque de contrôle étaient choses infantiles laissées aux hommes, plus précisément aux soldats. On soutenait ces aspects de leur personnalité avec de l'alcool. Drogue efficace, bon marché, socialement bien acceptée et dont les effets indésirables n'apparaissaient qu'après la mise à la retraite et rendaient parfois les hommes incapables de procréer. Les dirigeants le savaient et laissaient faire avec cynisme peut-être souhaitaient-ils même qu'un corps mercenaire essentiellement étranger n'ait pas trop d'occasions de laisser derrière soi la transmission de ses propres caractéristiques. La guerre des sexes a pour enjeu le succès reproducteur. Pourtant la vasectomie largement pratiquée aux Etats-Unis n'avait toujours pas bonne presse. Survivance de préjugés patriarcaux, d'un héritage, d'une histoire, d'une veulerie particuliers à un peuple.

Dans la jungle, Pélagie avait oublié le reste. La nostalgie qui attristait si souvent ses collègues lui était étrangère. Elle dut bien se rendre compte qu'elle était heureuse. Ce sentiment étonnant et plein s'était installé sans façon dans son cœur, comme Max dans la maison de Pointe-Bonaparte. Sans plus prévenir ni se commander que la tristesse. Un sentiment étale comme une mer calme. Elle n'arrivait pas à en dater le début avec précision. On ne se rappelle pas du visage qu'avait un ami lors de la première rencontre. Le présent prend le dessus. Alors il fallut bien qu'elle montre sa reconnaissance à celui qui en était la cause sans en être responsable.

Elle ouvrit la main dans laquelle comme une enfant elle écrasait cet homme.

Sur sa demande, il fut réintégré dans la garnison. Elle négligea d'en prévenir sa propre hiérarchie. Elle avait réalisé l'utilité de garder un informateur. Lui ne vit probablement pas le calcul dans sa libération. Il retrouva avec bonheur les arbres, la boue, l'accablante chaleur des sous-bois. La sueur qui coulait le long du corps faute de pouvoir s'évaporer. Luxe suprême, il pouvait toujours se laver et surtout se sécher le soir. Il n'utilisait pas l'eau chaude, son corps avait accumulé trop de chaleur dans la journée et il voulait cultiver par prudence son endurance physique. Il ne la remercia pas mais Pélagie le vit reprendre du poids. Elle trouva facile de lui faire plaisir et cela lui apporta une certaine satisfaction. Elle était parvenue à établir une communication positive avec un autre être humain.

Ils parlaient peu mais commençaient à s'entendre penser. Même s'l ne pouvait pas comprendre la façon dont fonctionnait ce cerveau différent du sien dans toutes ses cellules. Souvent il voyait son regard s'éloigner dans un espace auquel il n'avait pas accès.

Elle rêvait à ces jours où elle nageait dans le même Océan Atlantique que celui de son enfance mais à une température à laquelle il ne lui fallait faire aucun effort pour rester dans l'eau. Des poissons minuscules venaient pincer sa peau et d'autres, plus gros, sautaient sans raison apparente au-dessus de la surface de l'eau. Des mouettes blanches et des frégates noires rasaient l'étendue grise et jaune, chargée du limon du fleuve pour les saisir. Comme en Europe, l'eau était si opaque qu'il était impossible d'y voir son corps. Un pêcheur en retirait victorieusement une énorme raie. L'horrible odeur de marée basse ne rebutait pas les enfants qui jouaient sans dégoût dans la vase marine. Le soir, d'autres pêcheurs entraient dans la mer jusqu'à mi-corps pour relever leurs filets dans les rayons dorés et roses du soleil couchant.

Auprès de son compagnon, elle ne luttait pas. Sa présence, son innocence de simple exécutant lui rendait l'atmosphère chaude et indolore.

Elle caressait les cuisses chaudes de son amant avec le même sentiment de plénitude qu'elle éprouvait face à la mer ou en forêt. Et la même absence d'empathie. Lui patientait, allongé sur le dos, les jambes ouvertes dans cette posture de confiance qu'ont les chiens avec leur maître ou les chats dominants auprès d'un passant admiratif. Le plaisir lui venait simplement mais sans violence. Elle l'effleurait avec tant de douceur qu'il s'endormait parfois. Il paraissait alors encore plus jeune, presque mort. Pélagie touchait du doigt l'espace sensible au-dessous du nombril, descendait le long de la fleur monstrueuse du sexe jusqu'à l'anus puis à la naissance des fesses. Dans ces zones habituellement couvertes, la peau était singulièrement blanche, presque maladive. Sur le visage, le cou, les bras, elle affichait un viril bronzage. C'était comme s'il était composé de plusieurs hommes, tel l'agouti brun du museau et du thorax et rouge feu du derrière, qui semble fait de deux animaux à la fois. Elle le lui disait parfois, pour le câliner, le faire rire. Il était étonné de ces choses étranges que sont les compliments physiques d'une femme. Mais il les aimait.

Il se redressait, bombait le torse comme à la parade et cela la faisait sourire et l'excitait un peu aussi. Mon Dieu qu'il lui plaisait quand il ressemblait à un homme ! A mesure des déceptions et des rebuffades, celle qui n'avait jamais eu le don de communiquer avait perdu le goût de parler avec ses congénères. Auprès de celui qui de toute façon ne comprenait pas la moitié de ce qu'elle disait, elle n'avait aucun effort à fournir. Sa manière de s'exprimer suivait ses idées : compliquée et éloignée de la réalité. Même quelqu'un qui maîtrisait parfaitement le français ne saisissait pas toujours complètement ses paroles. Finalement, c'était reposant, presque déresponsabilisant.

Ce qu'elle lui faisait, il ne pouvait le raconter à personne et encore moins s'en vanter. Il ne pouvait que le subir.

Elle lui parlait maintenant :

- Je voudrais pouvoir transmettre quelque chose, quelque chose que je confierais à un virus puisqu'ils sont les seuls à être assez robustes pour ne pas mourir et se multiplient sans avoir à trouver de partenaire. J'ai peur des gens qui tombent malades et qui meurent. J'ai peur d'être seule et je ne supporte pas les autres.

Il ne réagissait pas mais donnait l'impression d'écouter, les yeux mi-clos, comme un bon chien calme. De son ancienne vie à Pointe-Bonaparte, Pélagie ne regrettait que Max.

Que comprenait cet homme à ses paroles hermétiques ? Peut-être l'essentiel ou alors rien.

La pluie tombait, incroyablement abondante, interminable. Cela durait des jours entiers. Pélage savait qu'elle était recueillie dans l'impluvium du Centre puis traitée pour rester potable.

La forêt semblait vierge mais regorgeait en réalité de mineurs brésiliens, de fusils russes et, d'une manière générale, d'éléments hétéroclites dangereux et désireux de se faire oublier. Des millénaires auparavant elle avait même abrité des millions d'habitants, des villes et des jardins. Les microbes l'avaient rendue déserte avant les conquérants.

Une nuit, son compagnon revint blessé d'un accrochage avec des chasseurs en forêt. Il portait une plaie brûlée de vingt centimètres de long sur la cuisse droite. A cause de l'humidité, il valait mieux une blessure cautérisée par balle de fusil qu'une écorchure. Cependant, après l'avoir presqu'entièrement déshabillé pour rechercher un autre impact, elle nettoya la plaie avec minutie. Il se laissa faire sans gémir pourtant cela devait être douloureux. Quand elle eût fini le pansement, il lui prit les mains et les posa sur son sexe puis s'allongea sur le dos comme elle lui en avait donné l'habitude. C'était la première fois qu'il prenait l'initiative d'un de leurs rapports. Il ne la quittait pas des yeux. De plus, il se contrôlait de mieux en mieux. Il prenait son rôle au sérieux. Pélagie serra le sexe masculin à travers le vêtement de dessous. Puis elle le dégagea avec douceur, une certaine forme de respect. Inquiète pour la plaie fraîche, elle ne voulait que lui donner du plaisir sans brutalité mais il ne l'entendit pas ainsi. Il l'appela du regard, gémit sourdement. Emue de son évident désir, elle se décida à le chevaucher en prenant garde à la blessure. Dès qu'il perçut la pression de la femme sur son sexe, il cria de plaisir, des mots d'une langue inconnue s'échappèrent de sa bouche. Il réclamait que cela continue, ne s'arrête jamais. La sueur se formait sur son front malgré la climatisation. Ses mains se crispaient sur les hanches évasées, rapprochaient autant que possible le ventre blanc et bombé du sien, dur et bronzé. Il guettait les moments successifs durant lesquels la femme se raidissait. C'était comme le rythme de la mer sur son corps. Il se libéra soudain dans un sursaut. Une immense fatigue s'empara alors de lui ainsi qu'une grande tristesse. Que faisait-il là dans un centre pseudoscientifique au milieu d'une forêt sud-américaine, dans l'hémisphère nord, aux ordres d'un gouvernement européen ? Il était là parce que sa nation n'existait quasiment plus ou survivait à peine, saigné aux quatre veines par les luttes d'influence de puissants pays voisins. Parce qu'il avait vendu son corps à une armée qui ne se souciait guère de lui. Pour ses chefs dont certains étaient des femmes de l'âge de sa propre mère, il n'était qu'un numéro, un mercenaire, une bête de somme qui marche et obéit. Pélagie ne s'étonna pas de ses larmes. Il pleurait souvent après l'acte, cela ne la surprenait plus. Elle se demandait si cela n'était pas dû à la douleur provoquée par une ancienne blessure à l'aine. Elle s'allongea de tout son long contre lui, colla sa peau douce et sèche contre la sienne, sans dégoût pour sa moiteur. Elle faisait souvent cela pour tenter de le consoler. De quoi ?

De ce qu'elle accueillait parfois dans sa chambre un autre homme, à la peau plus sombre, issu d'un pays frontalier. Il avait des yeux couleur de chocolat cuit, l'arête du nez nette et courbée et le reste des traits européens. Il était beau comme un étranger. Elle n'en avait pas elle-même vraiment conscience car lui non plus ne comptait pas. Du reste cet homme montrait un vrai respect pour celui qui était son aîné et un excellent professionnel. Quand ils se rencontraient au réfectoire ou dans un couloir public du Centre, il s'effaçait pour le laisser passer. Et puis lui aussi avait peur, comme tous les humains que cette femme avait approchés intimement. D'ailleurs elle appréciait sa déférence envers son compagnon et, sans elle, ne l'aurait pas conservé à son service personnel. Il était beau, très beau, c'était peut-être cela qui faisait pleurer son compagnon ce soir-là, associé à la douleur brûlante qui se réveillait à la racine de la cuisse et se prolongeait dans tout le membre inférieur. La souffrance d'être seul, adulte, interchangeable. Ce n'était pas vrai, pourtant. Pélagie l'aimait vraiment. Mais le bonheur avait déchiré l'espèce de torpeur dépressive dont elle avait souffert jusqu'alors. Il lui avait rendu le goût de vivre et même de plaire. A son insu il avait repeuplé pour elle le monde d'êtres magnifiques.

Et puis, inconsciemment, ne l'ayant pas trouvé vierge, elle ne le considérait pas comme complètement sien.

Un soir, il avait retrouvé cet autre homme dans la chambre de Pélagie et ce n'était pas par accident. Elle voulait voir de près le contraste de leur peau. De lassitude et par désir de lui plaire, il avait oublié son dégoût pour la chair masculine. Du reste cela lui était déjà arrivé, aux hasards de bivouacs privés de femmes. Elle les avait regardés avec avidité, avec plus d'attention qu'elle n'en avait jamais eue pour lui seul. Leurs corps avaient dû se mêler, uniquement différenciés par la couleur de leur peau car ils étaient de même stature. Lors de cette lutte étrange, leurs muscles se raidissaient autant pour étreindre l'autre que pour maintenir son corps le plus loin possible. La main de Pélagie, sa paume ouverte, avait glissé de l'un à l'autre. Cela les avait excités malgré eux.

Elle ne se posait plus de question, n'éprouvait ni scrupule ni remords.

Ils étaient beaux, c'était une raison suffisante de se les approprier. Ce qui est beau doit être arraché, souillé, consommé. On fait des bouquets éphémères avec des fleurs sauvages.

Ce soir-là ils étaient encore seuls dans la chambre. Il profita de ce moment malgré la douleur qui le lançait.

Un peu plus tard cependant, l'autre le rejoignit. Il le laissa s'approcher avec résignation Le regard avide de Pélagie les brûlait. Deux corps jeunes s'émeuvent facilement. Leurs bouches se joignirent avant qu'ils le comprennent. Qu'y avait-il exactement dans ce baiser ? De la tendresse, du désespoir, l'amour fou peut-être. Sait-on jamais avec ce grand menteur qu'est le cœur humain ? Le désir, lui, était bien là car il ne peut mourir, même dans un corps malade, vieilli ou plein de dégoût, même quand il n'est qu'une source de souffrance et de frustration.

Etait-ce une façon de refouler ses émotions, de se mentir encore une fois ? De contrôler cet homme en le réduisant un peu plus à un rôle d'objet de plaisir ?

Pélagie avait tout de même une sorte de passion indifférenciée pour la beauté, la jeunesse et la dépendance d'autrui envers elle. C'était laid mais c'était de l'amour tout de même. Une pluie diluvienne sur un désert ravage le sol, y creuse de nouveaux reliefs, mais fait germer des graines et même de minuscules animaux qui patientaient depuis des années.

Autrefois, elle voyait la mer, gris perle, sans perspective. Toute semblable aux murs peints en rose foncé jusqu'à un mètre de hauteur puis crème. Un décor immobile de prison.

Pélagie regardait le mouvement de vagues des deux corps, écoutait leurs soupirs qui étaient comme des bruits de forêt. Ils étaient de beaux animaux.

Elle savait que pour dominer il lui fallait créer des alliances mais elle n'y parvenait pas. Tout se passait comme si son cerveau n'avait pas été conçu pour cela. Elle bénéficiait du soutien de sa hiérarchie, c'était déjà beaucoup pour elle. Tous ses besoins courants étaient pris en charge. Même les plus intimes. Alors elle tentait de communiquer d'une autre manière avec son espèce. Car, au fond, elle se souciait de plaire.

Elle savait que les êtres les plus complexes s'étaient construits en intégrant d'autres organismes. Il y avait donc moyen de modifier l'humanité. Pélagie n'avait aucune sympathie pour ses congénères et n'était nullement persuadée de la supériorité de sa propre espèce sur les autres. Elle ne pouvait que constater sa propension à domestiquer d'autres espèces qui y gagnaient en nombre ce qu'elles perdaient en liberté et en masse cérébrale. Certaines de ces adoptions périclitaient. Ainsi en était-il des pigeons bissets qui, après avoir été élevés par les humains, avaient été abandonnés. Ils continuaient cependant à vivre à leurs côtés, constituant selon eux une nuisance. Ce qu'elle voulait léguer à l'humanité était une mémoire. Elle voulait ajouter consciemment à l'inconscient collectif. Glisser quelques gènes que seul un autre scientifique pourrait faire parler le jour venu. En fait elle souhaitait que ces molécules puissent un jour détailler ses recherches à un esprit proche du sien.

Un jour de catastrophe, un cerveau éveillé pourrait faire parler ce que lui-même porterait dans son génome. Car les livres peuvent être brûlés et les témoins exterminés. Il suffirait d'une cellule pour extraire son message. Elle avait toujours été fascinée par la façon poétique et obscure que de grands ancêtres comme Nostradamus avaient choisie pour s'adresser aux générations futures.

Pour cela il fallait créer des gênes qui ne pourraient être utilisés par l'organisme. Ni séparément ni associés à d'autres.

Elle avait déjà fait l'expérience d'infecter un singe saïmiri. L'animal n'en avait pas souffert. Mais de chacune de ses cellules elle pouvait à présent extraire un message court, lisible avec les outils adaptés par une personne de sa culture et de son époque.

Pouvait-elle faire confiance à un corps autre que le sien pour garder son message ?

Quand les amants s'endormirent, elle continua pensivement à les regarder respirer. Ils étaient, en apparence du moins, plus forts qu'elle ne l'était. Pourtant son propre système immunitaire était plus efficace, son cœur plus régulier et ses poumons saufs de toute agression. Tout indiquait qu'elle vivrait plus de cent ans. Cette perspective ne la réjouissait pas.

- Nous devons partir.

L'homme aux yeux bleus entrouvrit les paupières et la regarda avec incrédulité.

Elle poursuivit son idée :

- Nous ne sommes pas en sécurité ici.

Dans la forêt personne ne l'était, il n'essaya plus de comprendre et ferma les yeux mais elle parlait toujours.

- Je peux les convaincre qu'un autre centre est nécessaire, plus petit, plus éloigné, entre les mornes. Il faudra installer un port pour le dirigeable.

Il rouvrit les yeux brusquement. Elle parlait d'une expédition dangereuse. Il savait qu'elle le contraindrait à la suivre. Alors il préférait savoir à quoi s'en tenir. Mais elle venait de se taire, ses yeux devenaient pensifs. Elle le regarda sans le voir. Pourtant son corps épuisé de plaisir était beau et pouvait retenir l'attention de n'importe quelle femme ou même d'un homme. Et c'était tout ce qu'il avait. Certainement pas pour longtemps. Les hommes s'abîmaient vite sous le climat tropical et les différentes addictions encouragées par l'armée. Ce d'autant plus que leur peau était pâle et leurs yeux clairs.

Il se leva et s'approcha d'elle, l'entoura de ses bras et, de façon inattendue, elle se laissa aller contre sa poitrine. Son attention alla aux battements de son cœur, ce cœur si lent des hommes. Elle aimait la lenteur. Etonnée de cette inertie, toute sa curiosité se tourna à nouveau vers lui. Elle chercha à retrouver du bout des doigts la trace familière, rassurante, cruelle, de ses cicatrices. Comme elle aimait qu'il soit silencieux ! Elle haïssait la vanité démonstratrice des hommes. Ses lèvres cherchèrent les siennes. Il avait arrêté de fumer parce qu'elle lui avait dit que le goût du tabac froid lui répugnait. Il ne buvait plus car il avait peur d'en dire trop. Cela l'avait encore rajeuni, même les poils blancs dans sa barbe avaient disparu. Le sourire si enfantin de cette femme parvenait presque toujours à lui faire brièvement oublier sa méfiance.

Pélagie s'étonnait parfois de sa propre violence qui tournait si facilement à la cruauté. Le soir le bruit des oiseaux et des grenouilles empêchait presque de s'entendre. Par trente degrés elle avait l'impression du froid. Elle s'étonnait de ne pas souffrir quand la sueur coulait sur sa peau. L'humidité chaude lui était presque devenue nécessaire. Elle craignait à présent l'atmosphère sèche et froide des laboratoires qui gerçait ses lèvres et fendait ses talons de crevasses douloureuses. Le silence de la nuit profonde l'apaisait. La lumière brutale de l'aube éveillait son cœur. Elle ne souffrait que du jour trop court et peu variable tout au long de l'année. Animal solaire, le regret des longues soirées d'été européennes était sa seule nostalgie.

Plus que tout, elle avait à présent besoin de la présence de cet homme. Celui qu'elle traitait comme un esclave ou un prostitué. Ses grands yeux clairs posés sur elle sans haine et sans dégoût, sans pensée. Pas de mépris ni d'agressivité. Elle ferma les yeux, ne ressentait décidément aucun regret et n'avait plus aucune idée de l'avenir. Elle sentit contre sa joue son téton se durcir. Jeune, il réagissait rapidement à un simple contact. Il contenait pourtant son désir, ne voulant pas éveiller son rival. La jalousie est inscrite dans les rapports humains. Il aimait encore ces instants où il était seul avec cette femme malsaine. Ses cuisses s'ouvraient d'elles-mêmes et il guidait sa main vers son sexe docile. Il vivait dans l'instant et la proximité, comme un chien affectueux. Dans ces moments Pélagie l'aimait sans arrière-pensée. Pour elle il était aussi peu dangereux qu'un animal domestique. Et pourtant c'était un homme, avec un sens moral et des aspirations soigneusement dissimulés. Curieusement, il s'avérait intègre. Si l'amour pouvait se mériter il lui aurait été dû plus qu'à tout autre.

Elle voyait clairement maintenant le nouveau centre dans la forêt qui protégerait le prototype de mémoire biologique, capable de suppléer la faible capacité humaine.

Un virus intégré au matériel génétique mitochondrial dont le code génétique ne se transmet que par les femmes. Un parasite de parasite. C'était logique. L'espérance de vie des femmes étant supérieure à celle des hommes leur confier ce bagage semblait plus sûr. Mais dans ce cas il fallait améliorer leur succès reproducteur. Ou du moins celui des porteuses, des messagères.

Pélagie ne connaissait pas le sexe de l'enfant qu'elle portait. Ce serait donc un pari. Il fallait faire vite pour intégrer le nouveau code dans le matrimoine génétique du fœtus.

Elle ne lui confiait pas moins qu'un héritage pour l'humanité. Elle avait le sentiment que cela devait être aussi grossier qu'une tablette antique d'argile gravée. Elle ne léguait que la possibilité d'une amélioration, quelque chose qui pourrait lui survivre.

Pouvoir être remplacée était un idéal que fort peu de gens de sa connaissance partageaient.

Elle faisait déjà confiance à ce foetus. Si c'était bien une fille elle avait été assez vigoureuse et obstinée pour se former dans l'utérus d'une femme inquiète. Elle serait assez forte pour sauver ses congénères.

L'homme avait posé sa joue sur son épaule sans que ce contact parvienne à la conscience de sa partenaire. C'était doux, familier comme les gémissements du vent dans les fentes du bâtiment ou les chants énamourés des oiseaux. Pélagie avait toujours été possédée par un intense sentiment d'urgence. Et ces jours-là plus que jamais. Le chat commensal Nino-Schmitz entra dans la pièce. Il venait tranquillement s'installer sur le lit quand le bruit et la lumière cessaient. Jeune, efflanqué, effronté il avait décidé de s'approprier le logis de Pélagie, sensible à l'indulgence qu'elle montrait aux animaux. Il avait été apporté autrefois dans le Centre par un colon qui se sentait particulièrement seul ce jour-là. Il se colla aux humains, indifférent à leurs problèmes. Pélagie sourit à sa charmante mauvaise éducation. Au bord de la mer, bien loin du centre, elle avait vu les frégates pêcher, les bœufs accompagnés de leur héron blanc. Ces mêmes hérons dormir le bec contre la poitrine. Des chèvres au bord des routes. Des zébus aux belle cornes, de longs iguanes d'un vert jeune à la queue rayée de noir. Ces animaux que personne ne remarquait lui paraissaient parfois plus réels que les humains. Elle aimait les bruits si divers qu'ils émettaient et formaient le fond sonore de la nuit tropicale. Les gazouillis, beuglements, sifflements, chuintements, frôlements, à peine plus présents que les branches ou les noix de coco qui tombaient, la pluie, le vent dans les feuilles. Le chat était donc le bienvenu.

Elle testa d'abord le virus sur des atèles femelles enceintes. Elle fut presque effrayée de constater son succès. Cela l'obligeait à passer à l'acte. Puis elle s'assura de l'absence de nocivité du virus sur ses compagnons. Cela n'entraîna en effet qu'un syndrome grippal extrêmement discret.

Bien sûr qu'elle hésita au moment de plonger la seringue dans sa propre épaule. Bien sûr qu'elle eut peur mais il le fallait bien. Elle le fit parce qu'elle n'avait pas le choix. Il faut bien cela pour pousser une femme au-delà de sa timidité.

Son compagnon aux yeux bleus la veilla quand un peu de fièvre la garda au lit vingt-quatre heures après l'injection. L'accouchement ne devait pas avoir lieu avant plusieurs mois. Mais Pélagie se remit vite de la réaction de son organisme, d'ailleurs très atténuée par la dépression immunitaire induite par la gravidité. Cependant elle toléra mieux l'invasion virale que les guenons. En parallèle elle avait monté le projet du nouveau centre forestier et l'avait transmis à sa hiérarchie. Pas un mot de son argumentaire n'était vrai. Et pourtant l'idée fut acceptée. Quelqu'un en haut lieu avait probablement besoin d'investir pour se donner de l'importance.

Elle s'étonnait de réussir dans son entreprise et ressentait pour la première fois une certaine sérénité.

Elle continuait à parler avec son compagnon pour faciliter la difficile mise en ordre de ses idées. L'autre homme n'osait pas interrompre cette étrange communication. Elle ne s'était même pas aperçu qu'elle ne leur avait jamais demandé leur nom. Elle était assez contente de parvenir à les reconnaître. Ils n'étaient plus confondus avec le reste des hommes. Malgré tout un certain lien s'était noué entre eux, presqu'accidentellement. Elle aimait les voir lui sourire et s'étonnait de trouver cela si agréable. Toutes ses réactions, si naturelles chez une enfant de quinze ans, lui paraissaient extraordinairement exotiques. Qu'elle soit capable de ressentir une émotion agréable l'émerveillait. Ses réactions internes avaient été jusque-là majoritairement douloureuses et difficilement contrôlables. Elle ne pouvait l'expliquer à personne et d'ailleurs cela n'avait jamais intéressé son entourage. Elle-même n'avait pas compris mais souffert des réactions d'hostilité qu'elle suscitait chez ses semblables et en particulier ses supérieurs hiérarchiques. En particulier elle ne pouvait concevoir la jalousie à son égard, envers un si pauvre être. Se protéger était devenu une obsession, un réflexe.

Avec pas mal de naïveté et d'idéalisme elle avait espéré soutien et accompagnement de ses chefs. La vie s'était chargé de lui apprendre que l'on ne rencontre la plupart du temps que jalousie et amertume et que le chemin doit se faire seule, dissimulée et en dépit de plutôt qu'avec l'aide d'autrui. Vérité banale mais toujours douloureuse à découvrir.

Elle avait inspiré aussi de profonds attachements qu'elle ne comprenait pas davantage et qu'elle accueillait avec plus d'étonnement que de gratitude.

L'amour de ses compagnons était donc inattendu et plus encore la compréhension qui les liaient tous les trois.

Le plus étonnant n'était pas sa création mais ses rêves insensés.

Curieusement dans cette terre de procrastination, le nouveau Centre fut bâti rapidement, à partir d'éléments préfabriqués en métropole. Ils avaient voyagé par mer puis par dirigeable. Jamais la Gabrielle n'avait été autant sollicitée. Des financements cachés jouèrent leur rôle. Pélagie n'avait aucune envie de se mettre en avant, cela l'aurait exposée et mise mal à l'aise.

Tous eurent le cœur serré lors de leur installation plus loin dans la forêt.

Avec l'éloignement accru les possibilités d'évacuation s'amoindrissaient. Mais Pélagie n'avait que peu de peurs physiques et elle avait choisi de prendre le risque de mourir en couches. Elle se sentait aussi investie d'une mission que Christophe Colomb en son temps. La grossesse se poursuivit dans le nouveau Centre sans incident notable.

Le jour de l'accouchement, Pélagie fut assistée du seul médecin de l'équipe. Aucun autre homme ne fut admis dans la salle. Le travail fut médiocrement long et l'expulsion rapide. Quand elle tint enfin sa fille enduite de vermix contre elle, elle eut le sentiment épuisé du devoir accompli. Le bébé était apparemment en parfaite santé, hurlait à se faire entendre jusqu'à la côte. Les autres femmes du Centre vinrent l'observer et félicitèrent la mère.

Les jours suivants Pélagie put vérifier sur quelques gouttes de sang prélevées sur un carton que le transfert était un succès et une opération bien tolérée. La nourrissonne portait bien en elle une mémoire génétique supplémentaire. Elle adressa le carton à un laboratoire privé en Métropole pour contrôler ses propres résultats. Elle gagnait ainsi un peu de temps mais les services de renseignement seraient au courant tôt ou tard.

Physiquement, l'enfant ressemblait à son père ; très pâle, des cheveux blonds et fins. La couleur de ses yeux était encore indéfinie. Vaguement bleue ou peut-être noisette.

Le père paraissait profondément, sincèrement, primitivement heureux de tenir sa fille. Il savait qu'elle ne porterait pas son nom et se contentait de la savoir en bonne santé. Il dormait moins bien, guettant la respiration irrégulière de la nouvelle-née, s'affolant lors des pauses prolongées normales à cet âge mais il n'avait jamais vécu ni avec des femmes ni avec des enfants. Il laissait même plus de champ à son rival, obsédé qu'il était par sa fille. Ce fut ainsi que la grossesse suivante de Pélagie démarra. Ce fut alors qu'elle commença à réfléchir à l'optimisation de son succès reproducteur.

Est-ce qu'elle aimait ses compagnons ? Bien sûr, avec la naissance de sa fille ses émotions s'étaient faites plus douces et elle les laissait s'exprimer peu à peu. Elles lui faisaient moins peur et moins mal. Surtout ses compagnons ne pouvaient ni la repousser ni prendre le risque de la blesser.

Un homme ramena un soir un régime de bananes, rejet sauvage d'un temps lointain où la jungle était jardinée. Les résidents du Centre se disputaient les fruits et légumes disponibles. Les femmes gestantes se servaient en priorité. Les salades surtout étaient précieuses. Cultiver un abattis demandait beaucoup d'effort. Il fallait brûler puis replanter. Moissonner et récolter. Nul ne cultivait donc plus que pour ses propres besoins.

Personne ne posa de questions quand Pélagie accoucha de jumelles. Une simple étincelle avait entraîné la division précoce de l'œuf qu'elle portait. Mais ce n'était pas suffisant encore. Il restait environ deux cents ovules en attente. Tous naturellement porteurs du chromosome féminin. Elle avait déjà mis au point une procédure pour éliminer les gamètes mâles porteurs du corpuscule de Barr. Curieusement, les mitochondries transformées paraissaient contribuer à féminiser les embryons.

Mais comment induire tant de fécondations simultanément et surtout assurer le développement ultérieur des oeufs ?

Il n'y avait pas que ses filles qui grandissaient, le Centre aussi autour d'elle. Presque chaque mois la Gabrielle amenait de nouveaux conteneurs. Les hommes défrichaient la jungle sans relâche et sans parler.

Pélagie avait constaté qu'en intégrant d'autres gènes elle pouvait accélérer la croissance d'un embryon. Rendre cette croissance… virale.

Le médecin du Centre contrôlait sans état d'âme la santé des reproducteurs, examinant les dents et la peau, à la recherche de carences pouvant diminuer leurs capacités. Sans en avoir parlé clairement avec elle, il avait pris parti pour Pélagie et contribuait à son projet indéfini et déterminant. Peut-être obéissait-il à certains ordres. On le voyait parfois rédiger d'étranges rapports. Quant à Pélagie elle passait tout son temps libre dans le laboratoire à vérifier ses résultats. Ses compagnons ne la voyaient plus guère. Le plus jeune s'en plaignit le premier, souffrant encore davantage de la solitude. Lui Pélagie ne l'avait jamais frappé et son premier compagnon essayait de se persuader que c'était parce qu'elle l'aimait moins. Bien sûr cela n'avait aucun rapport.

Comme le Centre ne pouvait s'enfoncer, il s'étendait en surface. Il se composait de pavillons légers sur pilotis, convenablement climatisés. Un bâtiment réfrigéré attendait les centaines d'ovocytes modifiés. C'était donc un utérus externe géant, la poche qu'une puce chique insère entre les orteils du promeneur imprudent. Un tel dispositif artificiel était coûteux en énergie et l'attente ne pourrait durer à moins d'adapter soit le mode de conservation soit les objets conservés.

Dans les rues de la grande ville côtière des camions bâchés transportaient des silhouettes de soldats sans visage. Tout cela évoquait à Pélagie des souvenirs qui n'étaient pas les siens. Cette vision était porteuse d'une angoisse sourde. Elle avait vécu là quelques temps sans reconnaître personne.

Sa timidité se satisfaisait de sa très mauvaise vue.

Toute une histoire croupissait, se pervertissait. Tout un peuple se mentait à lui-même pour se masquer la réalité. Pélagie avait choisi de voir et de se taire. Puis de transmettre pour ceux qui voudraient bien entendre mais qu'elle imaginait peu nombreux.

A ceux-là elle laisserait les conteneurs réfrigérés qui abritaient désormais ses futures filles. Ses compagnons n'imaginaient pas être les pères d'une nouvelle forme d'humanité. Le ventre désormais entièrement vide, elle pouvait se consacrer à ses recherches.

Qui sait ? Ses filles réussiraient peut-être là où-elle-même avait buté : à communiquer ses messages.

Que contenaient-ils ? Essentiellement leur propre plan. Comment construire un virus pour intégrer de nouvelles séquences à un organisme préexistant. Un virus qui ciblerait les mitochondries.

Les traitements visant à multiplier et à extraire les ovocytes l'avaient considérablement affaiblie. Pourtant son corps s'était progressivement acclimaté à la chaleur et à l'humidité. Son ventre était comme une jungle, luxuriante, cultivée, à l'abandon, douloureux, vivant.

« Il faut partir » répétait-elle à présent comme s'il s'agissait de quelque chose d'urgent, « il faut une nouvelle base, plus éloignée, plus secrète, il y a trop de chasseurs qui rôdent par ici. »

Comment pouvait-elle percevoir la présence des chasseurs isolés dans cette jungle étouffante ? Peut-être les traitements l'avaient-ils rendue plus sensible. Les hormones de synthèse dévelopaient son odorat et la faisaient vivre dans une sorte de rêve volontaire. Son univers sensoriel s'agrandissait, prenaient la mesure de son contenant : cette forêt invraisemblable. Elle ne tenait plus en place, déambulait dans sa chambre sans but comme une panthère en cage. En revanche elle ne prêtait presque plus attention à la présence de ses compagnons. Ces derniers s'occupaient des trois petites filles qui grandissaient à un rythme normal. En revanche le lien qu'elle-même entretenait avec ses enfants était intermittent. Pélagie se révélait une mauvaise mère, au sens humain du terme. Du point de vue animal elle était suffisamment bonne, les protégeant de toute agression et assurant leurs besoins primaires. Elle s'en était mieux occupée durant leur phase de développement non verbale. Mais elle avait du mal à gérer leurs petites rébellions, leurs humaines tentatives de manipulation, leur capacité à communiquer qui, inexplicablement, était normale. Ses compagnons s'adaptaient mieux, faisaient preuve de patience, jouaient avec les petites.

Pélagie observait ce qu'il fallait bien appeler sa famille avec un douloureux sentiment de distance. C'étaient comme des extra-terrestres. Pourtant ils étaient étonnamment normaux pour une situation aussi inhabituelle dans leur contexte culturel commun.

Les hommes avaient recréé une vie presque ordinaire, habitués qu'ils étaient à tenter de se préserver dans un univers artificiel privé de femmes et même de féminité, de voisins et d'intimité. Un monde sans doute et surtout sans nuance. Leur vie était rythmée par les repas, le ménage, les soins du corps, la satisfaction des besoins quotidiens.

Quand elle regardait les pères et leurs enfants prendre en commun le repas du soir, elle n'arrivait pas à comprendre comment ses compagnons parvenaient à anticiper les difficultés des petites pour manier la cuillère ou la fourchette. Sa concentration rendait sa mutité inquiétante mais pour un enfant une mère est toujours normale. Les petites filles ne se rendaient pas compte qu'elles vivaient dans un univers hors norme. Pour elles le monde était la jungle.

Elle se rendait compte qu'elle était presque heureuse. Surtout quand son compagnon surprenait son regard et lui souriait. Elle admirait la grâce et la douceur de ses mouvements. Bien que grand et massif il ressemblait à ses filles par la courbure particulière du nez. Son aînée lui paraissait plus reconnaissable, immédiatement identifiable.

Pélagie se débattait entre un esprit monstrueusement conscient et un corps diminué, vidé. Cette lutte perpétuelle, l'impossibilité de s'arrêter de penser ou d'oublier, l'épuisaient. Elle n'avait plus de règles. Dès qu'elle sortait du laboratoire elle se couchait et s'endormait. Ses réveils se peuplaient d'hallucinations hypnopompiques : d'énormes blattes se déplaçaient le long des murs. Curieusement, en dépit du réalisme de ces apparitions, elle n'éprouvait qu'une peur très atténuée. Ses fonctions motrices se restauraient de façon décalée et elle se levait alors ou essayait de façon incontrôlée de jeter des objets sur les insectes imaginaires. Ses compagnons n'essayaient pas de l'en empêcher. Ils ne comprenaient pas ce qui se passait. Comme elle reprenait ensuite rapidement contact avec la réalité, ils ne s'en effrayaient plus.

Le temps de la science, lent et rigoureux, n'était plus le sien. Son esprit était constamment en ébullition, parvenant même à étouffer ses sens. Le trouble, qu'elle identifiait encore très bien, n'intervenait plus que par éclairs. Elle le satisfaisait tant bien que mal.

Quelqu'un de tout-à-fait normal ne serait jamais venu de lui-même au cœur de cette forêt, à moins d'y être né. Tous ceux qui arrivaient là avait une bonne raison d'y être, qu'ils cachaient le plus souvent, parfois à eux-mêmes. La plupart du temps, c'était le résultat de décisions totalement irrationnelles donc très humaines. Faiblesse, jalousie, amour déçu, dépression, toxicomanie, alcoolisme, vol, meurtre ou incapacité à s'adapter au réel, il y avait de tout. La cupidité et la nécessité de se faire oublier n'arrivaient qu'en queue des raisons que les gens avaient de ne pas s'enfuir.

La forêt paraissait hostile mais pour certains c'était le seul lieu un peu vivable qu'ils eussent connu de toute leur existence.

Personne ne pouvait les y juger. Car chacun devait compter étroitement sur l'autre pour survivre.

Les Amérindiens souffraient bien plus que les nouveaux arrivants. Leur monde changeait plus vite qu'il n'est d'usage entre deux générations.

Quant aux chasseurs, c'étaient les pauvres d'entre les pauvres des pays voisins. Ils étaient donc incontrôlables, imprévisibles et obéissaient à leur instinct de survie plutôt qu'à une quelconque loi. Ils étaient violents et souvent très malades. Le paludisme les infectait à un taux inégalé, de même que l'alcoolisme et les maladies vénériennes. En revanche, ils fumaient peu. Leur travail était rude et rendu encore plus dangereux du fait de son illégalité. Parfois, ils s'en prenaient aux Amérindiens.

Bien des légendes nauséabondes couraient parmi eux sur ce fameux Centre dont ils n'avaient jamais aperçu que les barbelés qui le cernaient. L'esprit humain étant ce qu'il est, certains avaient deviné tout-à-fait par hasard ce qui s'y tramait, se fondant sur leur propre côté sombre pour imaginer ce dont pouvait être capable quelqu'un de la Métropole. Car les humains sont tous très semblables et donc peuvent se mettre à la place d'un de leurs congénères, entre deux imprégnations alcooliques. La plupart se sentaient exclus d'un monde dans lequel ils projetaient tous leurs fantasmes, imaginant des murs dorés, des piscines et d'autres luxes que les occupants n'avaient même jamais envisagé d'installer.

Les uns avaient les yeux fixés sur un avenir improbable, les autres se contentaient de lorgner un présent qui n'existait pas. Et aucun n'aurait imaginé le monstre sous la forme d'une femme courte aux cheveux trop fins.

Personne n'habitait la réalité sauf les jaguars et les singes hurleurs.

Et Pélagie voyait, sentait tout cela et se sentait écrasée par cette énorme humanité. Il lui fallait se contenter du quotidien, de deux corps exotiques et amicaux. Avec eux il lui paraissait vraisemblable que la peau fût de la même origine que le cerveau et ses nerfs. Par là lui arrivaient le calme et le courage, une forme de nourriture qu'elle absorbait comme par capillarité, comme un arbre s'alimente auprès de ses congénères au moyen de racines enveloppées de champignons.

Le premier de ses compagnons tentait de créer des moments d'intimité quand le plus jeune dormait. Il essayait d'oublier celui qu'il venait de caresser pour le plaisir de sa maîtresse, se rapprochait doucement de celle qui était déjà loin. Son visage effleurait les épaules féminines si douces écorchées par la névrodermie sans parvenir toujours à retenir son attention. Parfois ses gémissements étouffés et insistants faisaient ressurgir le désir et elle le reprenait mais le plus souvent elle s'endormait sans espoir de réveil jusqu'à l'aube. Il ne comprenait pas pourquoi il se sentait si seul alors qu'il baignait encore dans sa chaleur. Cela faisait plus mal que quand elle le battait. Il aurait voulu pouvoir s'en plaindre.

Elle avait besoin du regard désirant d'un autre pour le voir.

Elle l'aimait pourtant toujours et, sans qu'il le sût, le protégeait. Elle n'arrivait pas vraiment à l'identifier comme le père de sa fille car elle avait en quelque sorte dilué sa paternité. Quand ses doigts caressaient le tatouage bleuté à la base du cou, cela n'éveillait en elle ni respect ni trouble ni même réalisme.

Elle n'était pas loin de considérer que ses enfants avaient été conçues par parthénogénèse. Ce n'était pourtant pas le cas.

Elle-même ne changeait guère, ne subissait aucune métamorphose, n'était jamais qu'elle-même. Elle essayait d'éloigner de son cœur l'amertume et l'aigreur. L'amour s'y faisait une place de temps en temps, comme par effraction. Cela constituait encore de rares moments d'apaisement. Un sentiment profondément humain et qui avait toujours eu sa forme prête au fond de son cœur. Comme des bras ouverts et vides. Son premier compagnon était à n'en pas douter un être d'attachement, ce que n'était pas encore le second. D'ailleurs, elle ne reconnaissait pas encore bien son visage.

Ils s'apprivoisaient mutuellement peu à peu. Par la nourriture et le contact physique.

Sa présence la détendait, elle travaillait mieux quand il dormait simplement sur son lit. Entendre inconsciemment sa respiration l'apaisait profondément.

Est-ce ce que les gens normaux appellent l'amour ? Une communion nerveuse. Un attachement animal ou autre chose ? Pour Pélagie, cela avait toujours été une pure fiction, un sujet de roman, comme l'existence d'une vie intelligente sur la lune.

Dans un rapport à l'autre, ne pas devoir affronter le mépris et l'hostilité que sa trop visible différence inspiraient d'habitude, lui étaient une grâce inattendue. Sa propre famille s'était toujours moquée d'elle. Son père la méprisait d'avoir besoin d'aide dans de nombreuses tâches administratives. Sa sœur l'avait toujours traitée de folle. Les professeurs haïssaient ses angoisses, ses maladresses, tout ce qui n'était que le plus visible de sa personnalité. Ils appelaient cela de la fragilité quand c'était ce qu'il y avait de plus solide, de plus constant en elle. Ils l'avaient fait douter mais la forêt la calmait, la confortait dans sa prescience d'un univers connecté par d'invisibles liens dont le désir n'était pas le moindre.

Son visage demeurait presqu'enfantin. Elle se vexait et se refermait à la moindre attaque, au moindre souffle, comme la sensitive dans la forêt se replie sur ses épines. Elle était au moins capable de la même chose qu'une plante. Pélagie était un être vivant, uni à tout ce qui vivait mais un peu détachée de tout ce qui pensait. La conscience lui était douleur. Elle aurait bien œuvré comme les fourmis, selon un plan instinctif et sans se soucier de ses congénères au-delà de leurs besoins de base, déléguant à une seule camarade le soin de multiplier ses gènes. Mais voilà, l'humanité l'obligeait à être une reine insecte, immobile et féconde, étouffant tout le monde de ses messages phéromonaux.

Elle avait espéré attirer l'attention, l'amour de ses contemporains. Le problème étant qu'elle confondait les deux. Elle avait cherché à donner, beaucoup, un héritage considérable mais c'était trop, cela indisposait et effrayait la plupart des gens. Les relations durables lui étaient un mystère.

Elle parlait de moins en moins, comme si le langage humain devenait insuffisant ou même inutile. Et elle s'énervait quand ses interlocuteurs ne devinaient pas ses intentions. Elle pouvait même se montrer cassante et implacable, cruelle parfois. Certains n'osaient plus la regarder dans les yeux. Cela générait beaucoup d'incompréhension au sein du Centre. Elle ne communiquait plus avec Paris que par de brefs rapports écrits, presque brutaux dans leur concision. Elle ne s'embarrassait plus de formules de politesse. Pourtant les messages transmis ainsi étaient étonnamment clairs, ils simplifiaient jusqu'à l'existence même. Dans leur absence de nuance, ils se détachaient cependant peu à peu de la réalité.

Le brutal changement que constitue un monstre est une promesse d'évolution. Et ce nouvel être a souvent une figure très banale. Il remet en cause nos idées du bien et du mal, de l'unique et du multiple. Et le poisson se met à marcher, le primate à penser parce qu'il s'est mis debout. Le premier était un monstre aux yeux de ses congénères sans l'avoir choisi ; des mutations, des problèmes de développement parfois liés à l'environnement l'ont fait tel qu'il fut.

L'évolution se produit parfois par catastrophes, par déluges et à d'autres moments par de lents glissements.

Le cerveau de Pélagie était différent. Elle existait autrement, percevait le monde de façon aussi différente des autres humains que ces derniers des chiens dont l'univers est constitué d'odeurs. Sensible au langage non verbal et fermée aux codes sociaux communs à la plupart des ethnies, elle avançait parfois au milieu des aveugles et parfois les yeux bandés. Elle regrettait que personne ne s'intéressât au fonctionnement si étrange de son cerveau et ne pût le lui expliquer.

Elle résistait pourtant si peu au moindre sourire, à la plus petite marque de sympathie inattendue. Elle comprenait aussi peu la gentillesse que l'hostilité et était encore moins armée face à la première.

Peu de gens s'étaient rendu compte qu'une infime attention pouvait leur attacher durablement Pélagie, pourvu qu'elle fût sincère. En revanche elle repérait rapidement la pitié, la prédation, la condescendance et s'en éloignait précipitamment, secouée de peur et de colère. Plusieurs personnes avaient tenté autrefois de tirer avantage de ce qu'ils avaient pris pour de la faiblesse et qui l'était peut-être. Leur perversité avait dégoûté Pélagie qui les avait fuis le plus loin possible, sans réfléchir, instinctivement.

Dans ce Centre où elle contrôlait quasiment tout sans pour autant être exposée, cela ne posait plus de problème.

Pélagie regrettait Max, sa gentillesse et son attitude protectrice. Quand elle résidait à Pointe-Bonaparte, elle le faisait parfois coucher dans son lit pour pouvoir le serrer contre elle. Il ne bougeait pas, trop heureux de cette proximité. Là-bas, elle connaissait à peine ses voisins mais pouvait décrire le caractère de tous les chats du quartier. Leur voix lui était reconnaissable et leurs émotions perceptibles. Elle savait les saluer de la bonne manière, présentant d'abord ses odeurs du bout de ses doigts avant de s'aventurer à caresser ces bêtes. Les animaux domestiques ou marrons étaient des esprits proches, elle les abordait sans crainte ni timidité, avec un sentiment rassurant de familiarité. En revanche, toucher un animal sauvage était inapproprié mais les regarder une chance et un immense bonheur.

Un paresseux traversait un chemin en rampant, étonnamment rapide.

Les humains la mettaient mal à l'aise à cause du fossé permanent entre leurs sentiments véritables et ce qu'ils en exprimaient. C'était incompréhensible, perturbant, menaçant. Toute l'espèce lui semblait schizophrène. Le langage corporel lui rendait le mensonge transparent. Dans sa façon de traiter ses semblables, elle ne tenait pas compte du statut social, ce qui lui valait de grandes fidélités et des haines définitives. En somme sa connaissance des codes était défectueuse.

Pélagie déroutait beaucoup de gens. A ses propres yeux elle était pourtant une personne très facile à comprendre, exprimant joie et tristesse quasiment sans retenue et disant ce qui lui passait par la tête. Ses mouvements étaient aussi saccadés que ceux d'une scolopendre et ses morsures aussi toxiques.

N'étant inféodée à personne ses décisions surprenaient la plupart du temps. Elle était capable de tout. Et surtout de s'en aller sans prévenir. La forêt l'obligeait à se concentrer et à vivre dans le moment présent, comme le cinématographe ou l'amour.

Elle se souvenait du vent de la ville côtière qui protège des moustiques et de cette mer qui ne sentait rien. De l'eau rouge, grise, marron, qui se chargeait de tant d'éléments qu'elle n'en était jamais la même. Comme une personne. Les chevaliers, les aigrettes, les bécasseaux, ces oiseaux qui avaient la couleur et la discrétion des flots couraient sur la plage à marée basse.

Tant d'images se superposaient, brouillant sa perception du présent et du réel. Seule sa vision de son premier compagnon demeurait nette, effaçant tous les souvenirs bons ou mauvais d'autres corps, de sourires différents. Elle avait tout fait pour conserver une solitude morale qu'elle prenait pour de l'indépendance mais cet homme était malgré sa lutte devenu une partie de son être.

La femelle d'une espèce de ver parasite possède le long de son corps une gouttière dans laquelle le mâle va se loger pour ne plus la quitter. L'attachement s'était produit entre eux de cette façon animale. Pélagie tenait à son compagnon, était attentive à ses besoins, lui faisait des cadeaux quand elle le pouvait, au gré des différents frets.

Elle aimait vraiment le voir sourire et tâchait de ressusciter en elle cette agréable sensation. Mais le faire souffrir lui causait aussi un étrange plaisir. Une émotion dans le bassin qu'elle cherchait parfois à reproduire.

La forêt était toujours là, à l'exacte limite du défrichement. Les palmiers élancés, les fougères, les orchidées à profusion comme les mauvaises herbes qu'elles sont, la terre orange et collante. La violence potentielle de l'environnement était perceptible. Elle avait elle-aussi un langage corporel dans la force des feuilles dont une seule pouvait vous protéger de la pluie tropicale, la contorsion des lianes, les bruits réguliers des branches mortes chutant sur le chemin. Les animaux étaient moins visibles, audibles surtout. Les crapauds-buffles à la chair toxique, les tourterelles rousses, les singes hurleurs. D'autres étaient plus nombreux et silencieux, c'étaient les bêtes chasseresses. Le prédateur ne prévient pas de sa présence et dissimule sa dangerosité sous une allure simple et posée. Sa caractéristique la plus constante est qu'il sait attendre.

Pélagie dévorait son prochain avec détermination. Elle aimait dormir lovée contre son compagnon, en sécurité ou du moins était-ce la sensation que son corps lui procurait. Car bien entendu nul n'est en sécurité. Elle aimait promener son nez sensible le long des flancs masculins, tentant de réveiller un organe archaïque caché au niveau du palais, le reliquat d'un petit amas de cellules utilisé par les animaux pour la chasse. Est-ce que ce mélange d'agressivité, de calme, de faim pouvait passer encore pour de l'amour ? Son compagnon voulait le croire. Elle était remarquablement constante dans son instabilité. Les flots la ballotaient mais elle ne bougeait pas. Ce qui est le résultat d'une loi de la physique. Il lui fallait se fier à cela, il n'avait pas le choix. L'amour hypothétique de Pélagie était la seule chose à laquelle il pouvait encore se raccrocher.

Un soir elle lui demanda une nouvelle fois de se déshabiller. La température était si brûlante qu'il obéit sans réticence. Ces derniers temps, il avait l'impression qu'il faisait encore plus chaud la nuit que le jour. La saison sèche avait été tardive et n'en était que plus chaude, même au cœur de la forêt. L'air était d'une moiteur étouffante. Elle toucha son sexe d'un geste désinvolte de propriétaire en murmurant des paroles flatteuses. Il s'enorgueillit. Mais elle le laissait debout pour l'admirer. Ses mains effleuraient ses fesses, ses cuisses solides, son ventre plat et musclé. Lui n'essayait pas de la toucher. Le corps de Pélagie lui semblait une fournaise dont il sentait l'incandescence à quelques centimètres de sa propre peau. Il frissonnait sans bien savoir si c'était de honte ou de plaisir. Il posa sa main sur celle de sa compagne et accompagna son mouvement. Docile elle accepta de se laisser guider vers les zones les plus sensibles. Par petites touches, elle l'amena amoureusement au bord de l'orgasme tout en restant à distance, étrangère à ses gémissements. Puis elle l'y poussa brusquement. Elle ne trouvait pas laides les traces de l'orgasme masculin. Ses cuisses tremblantes souillées par son propre plaisir l'émouvaient. Sa vulnérabilité touchait véritablement son cœur. Egaré, humilié de sa jouissance qu'il n'avait pu contrôler, il refusa de se laisser consoler.

Elle se détourna de lui, déjà préoccupée par ses ruminations.

Pourtant elle l'aimait. C'est-à-dire qu'elle était capable de penser à lui quand elle ne le voyait pas alors qu'elle oubliait assez facilement son deuxième compagnon.

Durant les derniers mois les ingénieurs du Centre avaient imaginé et conçu un système de réfrigération fonctionnant à partir de l'humidité de l'air. Sur le modèle des extracteurs d'air. Le système pourrait marcher en autonomie durant des siècles avec une maintenance minimale.

La nourriture restait le problème principal. Du fait de la pauvreté des sols et des parasites la culture était difficile. Souvent, les arbres fruitiers ne donnaient qu'une seule fois et les racines exigeaient un travail important de pelletage. Le Centre restait dépendant des frets. Cependant les pièges à ultra-sons permettaient de capturer des chauves-souris qui étaient petites mais comestibles et même d'autres animaux sensibles à ces stimuli. Tous n'avaient pas de nom connu.

Ses filles apprenaient à lire sans difficulté notable. Elles vivaient avec leur famille sans imaginer qu'il pût exister d'autres enfants ou que les adultes aient pu un jour ne pas l'être.

Pélagie avait réussi à construire le moment présent à travers ses enfants. Elle consacrait son temps libre à aimer son compagnon comme s'il était le seul. Sans réfléchir. Elle vivait l'adolescence qu'elle n'avait jamais eue. Elle avait accompli son projet ce qui lui laissait l'esprit étonnamment satisfait et libre. En revanche elle ne s'appliquait pas à développer les communications avec la Métropole. L'absence de transparence avait toujours été la couverture des crimes et des vices dans le Territoire.

A présent elle souhaitait l'oubli, l'oubli protecteur envers le Centre et ses missions qui dépassaient largement le cadre des conflits dans lesquels se débattait la Métropole. Le personnel le sentait, qui se résignait peu à peu à ne jamais partir de cet endroit. Certains en devenaient fous, d'autres se consacraient à la lecture, à leur travail, sans se poser davantage de questions. Il suffisait que l'entrepôt réfrigéré protégeât les filles de Pélagie et le monde était en ordre.

Les chiens errants promenaient leur teigne et leur solitude dans les rues rougies par la latérite. Ils s'attachaient très vite à qui leur montrait un peu d'affection. La tendresse était presqu'absente de ce coin de terre oublié de tous.

Peut-être un jour ce Centre serait-il enfin fondateur, primordial. Peut-être serait-il tout ce qui resterait. Pélagie lui avait donné tout ce qu'elle avait pu, tant qu'il en était encore temps, tant qu'elle avait encore quelque chose de vivant à donner. Elle avait abandonné son ventre comme une puce chique.

Parfois son compagnon peignait les cheveux sans beauté de Pélagie qui tombaient en paquet sous la brosse. Durant ces moments, elle ne bougeait pas, fermait les yeux, se concentrait sur la sensation de ce contact. Dans ces moments-là, ils étaient un couple presque normal.

Pélagie souriait sans raison, sans effort. Son compagnon était objectivement un esclave. Il ne pouvait s'en aller et n'avait plus accès à son salaire. En effet il lui aurait fallu se rendre à Pointe-Bonaparte pour retirer de l'argent dans une banque. Et pourtant il ne paraissait pas lui tenir rigueur de cette situation inextricable. Peut-être parce qu'elle n'était finalement pas si différente de celle qu'il avait connue auparavant quand sa solde était versée en retard, contrôlée et inaccessible pour l'achat d'un véhicule ou de tout autre bien de consommation qui aurait pu être le début d'une indépendance. Dans la base il jouissait d'une forme de confort et même d'un certain statut. Le temps fonde la légitimité. Leur relation durait aux yeux de tous. Il pouvait lever la tête même si Pélagie ne l'épousait pas.

De toute façon la plupart des conventions sociales n'avaient aucun sens dans ce coin de forêt. Le Centre ne comptait qu'une cinquantaine d'adultes et aucun représentant de l'Etat ni de l'Eglise. Un mariage n'y aurait eu aucune valeur.

La beauté du second compagnon de Pélagie était de plus en plus évidente. Cet homme était très jeune, plein de désirs et de servilité. La noble courbure du nez, les lèvres pleines bien dessinées, la peau lisse et hâlée, les traits adorablement métissés. La silhouette était mince mais solide, les épaules larges, la taille étroite. Elle voyait tout cela et ne pouvait s'en détacher, même pour des yeux bleus et tristes, presque bridés, des pommettes hautes et larges, une peau pâle soufflée par l'orient.

Elle aimait tout ce qui ne lui ressemblait pas. Ces deux hommes étaient adorablement différents d'elle. Le plus sombre surtout. Sa peau brune ne portait curieusement aucun tatouage. Le conformisme voulait pourtant que les hommes se fassent tatouer dès le début de l'âge adulte. Cela marquait leur appartenance à une communauté et les rendait sexuellement désirables. Peut-être n'en avait-il eu simplement pas eu le temps ou l'argent car cela coûtait cher. A lui non plus Pélagie ne demanda pas son nom ni son âge ni aucune caractéristique qui aurait pu permettre de l'identifier.

A quoi bon. Au hasard des fonctionnaires à l'oreille peu accoutumée aux accents étrangers, leur nom avait déjà dû être écorché plusieurs fois, francisé ou même effacé par indifférence. Qui s'en souciait ? Pas même eux du moment que de l'argent parvenait entre leurs mains.

Plus que tout, elle aimait leur jeunesse, leur innocence et ce qu'il fallait bien appeler leur gentillesse.

Pélagie n'aimait ni poser des questions ni être interrogée elle-même. Elle se contentait de leur présence bien réelle soumise comme leur nom aux changements imposés par le temps et les épreuves.

Les fourmis minuscules nettoyaient efficacement les sols. D'un petit margouillat, il ne restait plus que le fin squelette, d'un cafard la carapace puis plus rien. Patientes, inarrêtables. Pélagie surprenait souvent un petit cercle vivant, noir, vibrant, autour d'une miette. Avoir délégué la reproduction- et non la sexualité- à un seul individu les avait libérées pour un travail absolument continu.

Sa propre vie l'écrasait. Elle bougeait par devoir. Communiquer avec ses congénères l'épuisait. Elle se reposait essentiellement sur ses compagnons que leur méconnaissance de la langue rendait sincères. Ils étaient presqu'aussi muets que les bêtes. Cela la rassurait, facilitait sa compréhension de leurs besoins. A ses yeux, ils n'avaient pas de passé ou en tout cas celui-ci ne la regardait pas.

Pour tous les résidents du Centre ou presque l'endroit était un désert. Aux yeux de Pélagie une telle perception était insane, incompréhensible : la forêt incroyablement luxuriante, les animaux, les insectes, toute cette masse d'êtres vivants un désert ? Ils formaient une avalanche, une tornade dont elle était la seule à sentir la présence, le souffle, les cris, l'enserrement. Et qui la laissait étonnée, la respiration coupée, sidérée. Toute cette présence extra-humaine bien était réelle. Qui, devant une telle végétation peut dire : « il n'y a rien » ?

Cet environnement lui était naturel, évident, la chaleur étouffante était presque celle d'un corps, pourquoi pas d'un utérus géant. La boue envahissante, rouge, collante comme une muqueuse, complétait l'illusion. Il y avait là des villosité de feuilles, des coins aigus épineux, des insectes mordeurs ou piqueurs, un déchaînement de vie sans arrêt en mouvement.

Le sentiment amoureux la reliait un peu à son propre monde. Elle s'y accrochait malgré elle. Il n'existe qu'un seul verbe en français pour dire aimer. Tout adjectif ou adverbe ajouté en diminue la force voire en annule la signification. Peut-être parce que l'amour est comme la jungle, débordant, atmosphérique. Les limites ne s'en distinguent pas bien, l'endroit où la forêt devient clairière, piste, dévastation.

Cet endroit où l'on dit la forêt comme s'il n'y en avait qu'une, le fleuve comme s'il n'y en avait qu'un et l'eau pour désigner la pluie.

Un être immense et divers, solennel et gigantesque, que l'on ne peut simplement ni diviser ni ignorer. Auprès de qui l'humain est une minuscule fourmi toujours en mouvement. Pélagie n'avait pas le choix de vivre au contact d'un être aussi énorme qui pour elle était le vrai autre. Ses silences, ses regards vides n'étaient que l'expression visible de cette sidération dans laquelle la plongeait la conscience de côtoyer cet être-là.

Elle prenait conscience de ce qu'elle-même avait toujours eu de différent. Tout rejeton de la sexualité, du brassage des gènes est unique mais cette fois-ci le mélange avait produit un monstre prometteur. Un saut dans la chaîne était survenu comme une catastrophe, sans que personne n'y puisse rien.

Son compagnon prêtait bravement son corps pour permettre à cet esprit-là de se poser, de s'ancrer, de ne pas disparaître tout-à-fait. Car sans socialisation, un individu social meurt. Comme tout un chacun, Pélagie était prisonnière de sa propre espèce, des capacités et des incapacités produites par l'évolution de la lignée. La peau est une interface, l'effleurer permettait de transmettre des informations rassurantes.

Les iules inoffensifs, les dangereuses scolopendres, les scorpions ténébreux, les mygales, les fourmis, les ravets grouillaient au pied des seuils. Les chauve-souris mangeaient des fruits et buvaient parfois du sang animal. Pélagie chuchota à son compagnon :

- Quand je voyage c'est le changement de physionomie de la végétation qui m'interpelle en premier puis celui des humains. Les chiens ou les chats ont souvent des figures familières quelque soit l'endroit.

Les désertions se faisaient de plus en plus nombreuses. Mais cela n'affectait pas les machines, conçues d'emblée pour être autonomes. Elles se remettaient en marche seules après les pannes. Pélagie avait gagné de l'expérience sur les tropiques et des désillusions supplémentaires sur ses contemporains.

D'autres, en revanche, restaient fidèlement à leur poste. C'étaient les anciens cobayes du premier Centre à qui on avait proposé ce travail en échange d'une certaine liberté. Beaucoup avaient accepté et préféraient qu'on se livrât à d'autres expériences que celles qu'eux-mêmes avaient subies. Incertains du sort qui les attendait dans le monde normal, ils restaient fidèles à l'enfer connu.

Les installations résistaient aux pluies diluviennes comme à la sécheresse. Elles étaient intégrées à leur environnement. Pensées par des esprits qui songeaient aux siècles, elles n'étaient pas faites pour impressionner, embellir ni même pour remplir une fonction durant une période déterminée, mais pour durer et abriter une forme de vie enkystée. Mais elles n'étaient pas étanches, la lumière et l'humidité, les odeurs de pourriture, tout cela pénétrait dans la base et exerçait son influence sur tout un chacun et peut-être même sur les vies en suspens contenues dans l'entrepôt central.

Et cela contribuait à des adaptations, des mutations qui survenaient même après fécondation. Chacune des filles différerait des autres, ainsi que l'avait amorcé le principe de la sexualité. Seule la diversité pouvait multiplier les mécanismes de défense et donc la survie à terme de ce qui constituait l'équivalent d'un gros village.

Curieusement, le bouillon de culture que constituait la jungle ne menaçait pas les embryons. Le climat et la végétation leur étaient profitables, constituaient une bulle de protection. De fait il faisait la même chaleur qu'à l'intérieur d'un corps humain. Les bruits de la forêt étaient aussi forts que peuvent l'être le claquement des valves cardiaques, les mouvements des intestins ou la respiration. L'extrême difficulté de circulation dans la forêt les protégeait de la curiosité.

Pélagie murmura à son compagnon en contemplant l'entrepôt par la fenêtre:

- Je ne sais pas si je voulais vraiment des enfants, mais je n'avais pas d'autre solution que d'utiliser le vivant pour transmettre un message. Je ne savais pas comment communiquer, comment les prévenir. Je me suis multipliée comme une araignée.

Comme il ne savait pas quoi lui répondre, il se contenta de se pencher vers elle pour l'embrasser, lui masquant un instant le bâtiment. Lui-même avait été en partie un outil dans ce qui ressemblait à une folie scientifique. Elle avait en quelque sorte prélevé son patrimoine génétique pour façonner ces créatures fragiles. Ce faisant elle avait sélectionné les gènes d'un individu solide, résistant et fiable. Très rationnellement, elle avait choisi l'homme qu'elle aimait. Conformément à la théorie de l'évolution, cela avait désigné le meilleur des pères. Elle était convaincue que laisser le choix aux femmes dans ce domaine était fondamental.

Elle aimait aussi son deuxième compagnon mais d'une façon plus distraite, parce qu'il était jeune et beau, parce que cela lui était permis. Son cœur s'émouvait de ses yeux dorés et de ses mains déjà larges malgré sa jeunesse, évoquant les pattes d'un chiot de race de grande taille. Il aimait qu'elle soit près de lui et composait avec le fait qu'elle n'y soit pas seule. Depuis son enfance il n'avait guère eu l'occasion d'être le témoin d'amours exclusives. Ni d'être le centre de l'attention. Il était incapable de donner le nombre de ses frères et sœurs. Pélagie ne lui demandait pas non plus de mots d'amour et se serait probablement mise en colère s'il lui en avait dit. Elle les tolérait de la part de son autre compagnon parce qu'il avait la présence d'esprit d'utiliser sa propre langue et qu'elle pouvait ainsi lui accorder le bénéfice du doute et aussi parce qu'il était le premier, le favori. A ses yeux tout cela ne pouvait être que mensonge, moquerie, masque. Mieux valait une relation basée sur le partage de ressources rares ou d'un statut privilégié.

La nourriture et la tranquillité étaient des monnaies d'échange valables en ces temps troublés. La protection ne se trouve pas nécessairement auprès de quelqu'un doté d'une plus grande force physique mais assurément auprès d'un membre d'un réseau d'influence.

Le soir le ciel prenait pendant quelques heures une teinte roussâtre, comme un écho au sol de latérite. Puis il redevenait noir, éclairé par les étoiles qui paraissaient ici plus brillantes. Il aurait fallu guetter toute la nuit en silence pour apercevoir fugitivement les animaux de la forêt. Même les énormes anacondas se faisaient discrets. Au petit matin les taons se multipliaient autour des corps humains, y laissant de douloureuses piqûres.

Pélagie utilisait la climatisation pour les maintenir à distance. Ici, pas de meilleures armes que le froid et la sécheresse. Cela stoppait aussi la prolifération des microbes.

Les plantes domestiques peinaient à s'imposer. Elles l'étaient depuis trop peu de temps. La vie était plus florissante, elle était aussi souvent plus courte, à moins d'être un très grand arbre doté d'un cœur très lent. Les bractées acceptaient leur destruction quasi journalière pour se reformer presqu'aussitôt.

La tendre sensitive s'émouvait à la moindre caresse, durcissait son tronc hérissé d'épines.

Aveugles à tout ce qui existe, les humains continuaient leurs affaires : amours et querelles entremêlées. Luttes de pouvoir surtout. Curieuse espèce dont chaque membre se croit unique.

Leurs vastes groupes interagissaient avec brutalité. Les malentendus et les bonnes intentions pavaient l'enfer des plus faibles. L'ignorance, le désintérêt et l'aveuglement se pressaient comme les cavaliers de l'apocalypse.

Les temps humains ont toujours été difficiles mais ceux que l'on n'a pas vécus le paraissent moins. Nous en conservons pourtant la cicatrice dans les couches profondes de la mémoire. Peut-être même est-ce transmis d'une génération à l'autre.

Peut-être les guerres sont-elles aussi des épidémies, peut-êtrc leur agent est-il microbien ? Un parasite, une bactérie, un virus qui soudain pousserait une grande partie de l'humanité à s'entretuer ? Et cela se produisait quand davantage de garçons venaient à naître. Comme si l'agent infectieux avait bcsoin d'un vecteur masculin pour se multiplier. Avant de le détruire. Mais entretemps il avait réussi à se reproduire et à survivre suffisamment pour attendre la prochaine éclosion du mal. Ou bien un taux élevé de testostérone favorisait-il l'expression du pathogène, accroissait l'impulsivité qu'il conférait à son porteur.

Pélagie avait aperçu tout cela sans en avoir réellement conscience et elle avait fait ce qu'elle avait pu.

La guerre des sexes ne devait pas avoir lieu. Grâce peut-être à ce léger déséquilibre numérique abrité par la jungle. Pélagie se rassurait en se disant que ces filles ne viendraient peut-être jamais au monde. Elles n'étaient qu'une possibilité. Peut-être un jour seraient-elles un choix. C'était un cadeau, un héritage.

Pélagie perdait beaucoup de poids. Cela creusait ses joues et donnait à son regard un éclat étrange. Sa peau paraissait plus fine, froissée, transparente. Son compagnon essayait de la faire manger. Il se désespérait aussi de ce qu'elle ne le touchait plus guère. Il regardait parfois son propre corps avec amertume, ne le trouvant pas changé. Un peu pâli peut-être. Il ne pouvait plus dire depuis quand cette femme était le centre de son existence. Cela remontait à une lointaine mâtinée dans un dirigeable dont la carlingue caressait la canopée. Quand il avait senti son regard sur sa nuque. Il n'espérait alors qu'un ou deux tickets d'alimentation à dépenser au retour. La pensée de ce qu'il fallait échanger le dégoûtait alors profondément. Il aurait préféré avoir bu avant mais savait que ce genre de femme préférait une marchandise propre et quasiment inodore. Il s'était donc lavé soigneusement pour éliminer la sueur de la journée, s'était rasé le bas-ventre et avait mis les vêtements les plus neufs qu'il avait reçus en dotation. Mais il demeurait un lointain et entêtant parfum de moisi. L'amour était une notion bien lointaine. Il ne s'attendait pas à l'agression qui avait suivi. Cependant elle ne l'avait pas réellement surpris. C'était pourtant cette situation d'alerte qui l'avait attaché à cette femme. Qu'il avait été bon de retrouver sa douceur, comme un bout de ciel bleu après l'orage. Il ne croyait pas mériter mieux.

Alors il ne comprit pas quand un matin l'alarme résonna dans le Centre. Pélagie avait disparu sans prévenir et sans emporter de vivres. Il eut le réflexe de protéger ses filles plutôt que de se lancer dans une expédition dangereuse en forêt. Pendant trop longtemps les responsables hésitèrent sur la conduite à tenir : attendre ou se partir à sa recherche. La survie d'une faible créature humaine seule ne pouvait être longue dans la jungle alors ils abandonnèrent rapidement l'idée de la retrouver. Prévenue, la Métropole ne réagit pas et donna l'ordre d'évacuer le Centre en n'y laissant qu'une équipe minimale uniquement destinée à l'entretien. En réalité elle ne manifesta aucun étonnement. L'irrationnel était prévisible de la part de Pélagie.

Une nouvelle guerre s'était déclarée, cela détourna l'attention des hiérarques. On oublia le précieux dépôt comme l'avait souhaité sa créatrice.

L'homme rêva à sa liberté dans la soirée et puis au matin se porta volontaire pour garder les lieux. On lui prit les filles, il s'y attendait et ne montra aucune révolte. Elles étaient trop grandes, elles devaient aller à l'école. En revanche l'autre homme partit. Il ne réalisait pas qu'une fraction intime de lui-même resterait congelée dans cet endroit qui n'existait sur aucune carte.

Lui était las de se battre, de voyager, d'imaginer une autre vie. Il n'en pouvait plus. Ce n'était pas courage que de rester là mais épuisement. Alors il n'en voulait pas à son compagnon de s'en aller parce qu'il avait encore un peu d'espoir et de force. Il ne se donna pas la peine d'assister au départ de la Gabrielle. Cela aurait été une souffrance inutile. Il savait qu'il ne gardait pas des possibilités d'enfant mais une bibliothèque. Le message était lisible sans qu'il soit besoin de les faire éclore. Les embryons étaient à un stade si précoce que leur retirer une cellule leur serait insensible. Il devenait doucement fou à regarder ces germes trembler dans leur éprouvette. A se demander quel partage s'était fait à l'intérieur. Combien de lui-même pouvait y gésir. Plus encore il souffrait de la solitude. Petit à petit le Centre se vidait et surtout elle n'était plus là, plus personne ne se donnait seulement la peine de lui parler.

Aux côtés de Pélagie, il avait au moins gagné un certain humour. Ainsi trouvait-il ironique d'être un homme sans nom dans un endroit non désigné, gardant des embryons en-dehors de la matrice de leur mère. Voilà ce qu'on gagnait à fréquenter une femme qui ne voulait ni se marier ni être une mère ordinaire. Elle l'avait aimé, c'était la dernière chose dont il était sûr, ce serait son ultime souvenir.

Ses supérieurs lui avaient tout pris, cela ne l'étonnait pas. Tout ce qu'il avait reçu d'eux était le mensonge. Ce qu'il avait obtenu de bon l'avait été malgré eux. Sans pouvoir se l'expliquer, il était heureux et ne voulait pas s'éloigner de cet endroit. Curieusement cela lui rappelait son enfance, dans un endroit luxuriant, proche du marécage, où les habitants circulaient en barque à moteur. Un lieu fait de multiples bras de fleuve, un si long fleuve, si fameux que des chansons le célébraient dans plusieurs pays. Si long, si loin. On le disait bleu mais le limon le rendait marron sur une grande portion de son cours et il sombrait dans une mer noire.

Insensiblement son esprit s'effaçait. Etait-ce voulu ? Les services secrets savaient depuis l'antiquité effacer en douceur des témoins encombrants.

Il ne comprit pas tout quand Pélagie surgit un jour pour l'emmener en-dehors du Centre. Il crut d'abord à un rêve, une hallucination, un désir enfoui. Ce ne fut que petit à petit qu'il retrouva une perception précise de son environnement. Il se trouvait dans un bâtiment inconnu noyé de végétation et puant la pourriture. Bizarrement, la douleur de vivre resta éloignée de lui malgré le retour de la conscience de soi.

    - Encore un autre Centre, se contenta-t-il de remarquer à voix haute.

- Pas un autre, ce n'est qu'un refuge pour chasseurs, mais nous avons le droit de vivre.

Il n'avait jamais pensé à cela, il la regarda avec étonnement. Elle était proche, tendre mais toujours préoccupée c'était donc bien elle.

- Je vais te ramener chez toi, c'est pour ça que je suis revenue. J'étais partie vérifier d'où tu venais parce que, je ne sais pas si tu as remarqué mais ces derniers temps tu étais incapable de te rappeler quoi que ce soit.
- C'est vrai…
- Je te dois bien cela. Tu as accompli la mission pour laquelle ils t'ont envoyé ici.
- Ils ne voudront pas de moi.
- On ne peut pas savoir avant d'être allés voir.
- Tu disais souvent que les humains sont les mêmes partout. Ils m'ont laissé en plan ici, ils m'ont oublié là-bas.
- Alors que veux-tu que je fasse de toi ?

Cela faisait bien longtemps que personne ne lui avait demandé son avis. Il resta donc perplexe et s'interrogea avec honnêteté. Effet de la drogue administrée depuis des mois par le superviseur en quantités infimes ? L'opium était facile à trouver dans le territoire et pouvait, judicieusement utilisé, détruire une mémoire. Il fut incapable de répondre.

- On ne peut pas laisser les filles seules…
- Comment veux-tu qu'elles soient mises au monde ? J'en suis physiquement incapable.
- Il faut faire venir des femmes ici, cela peut prendre des années mais ce n'est pas grave, le conditionnement est sécurisé.
- Pourquoi viendraient-elles ?
- Pour la même raison que je me suis engagé dans votre armée : pour survivre.

Pélagie resta pensive.

- Tu veux dire : en cas de guerre.

Ce n'était pas une question. Cet état devenait chaque jour un peu plus présent, plausible, répétitif, envahissant.

- Alors ? Il faut retourner au Centre et les laisser t'abrutir jusqu'à ce que tu aies oublié la raison de ta présence ?
- On peut surveiller d'ici.

Pour la première fois il contempla le campement sommaire dans lequel ils se trouvaient. Rien n'était assez solide pour ne pas pouvoir être reconstruit rapidement après une averse. Une sorte de bulle de plastique blanc doublait l'intérieur d'une cabane montée sur pilotis. Tout cela n'avait pu être installé par une personne seule. C'était à la fois technologique et très bien intégré dans l'environnement. Une sorte de globule polaire dépendant du Centre. Il y avait des vivres lyophilisés, de quoi survivre longtemps. Ce n'était pas l'eau qui manquait pour les reconstituer. Soudain il comprenait mieux l'absence de réaction des anciens proches collaborateurs de Pélagie. Et il se demandait si tant d'efforts n'avaient pas pour but de le protéger. Mais pourquoi ? Par une irrationnalité profondément humaine ou un objectif encore plus pervers. Il préféra profiter de son irresponsabilité temporaire ou peut-être définitive si les substances chimiques avaient endommagé son cerveau. Son ancien compagnon lui manquait, comme si son couple n'était pas complet sans lui. Sa chaleur lui faisait défaut. Il se souvenait avec nostalgie des courbes viriles de son corps musclé. De ses yeux qu'ils nommaient noirs faute d'avoir un vocabulaire plus nuancé pour les iris sombres. De ses mains aux doigts larges de travailleur manuel. Sans se rendre compte qu'il ne le trouvait désirable qu'au travers du regard de sa compagne.

Pélagie parlait presque toute seule, tentait-elle de lui expliquer quelque chose ?

- Ce ne sont pas des embryons… ce sont des spores. C'est plus résistant. Une nouvelle forme de vie, en partie végétale. La forêt a contribué à la création de ces enfants.

Il la regarda comme si elle était folle mais son regard, sa voix n'avaient jamais été aussi calmes et doux. Cela confirma sa prescience : il n'y avait que très peu de lui dans ces petits êtres futurs. Des gènes végétaux leur conféraient leur extraordinaire résistance à la dessication. Quelle importance ? Cela ne modifierait pas leur allure définitive et leur donnait une chance supplémentaire de venir au monde. Il commençait à se demander s'ils ne pourraient pas éclore d'eux-mêmes. En tout cas cela les rendait plus dangereux pour une femme enceinte car ils contenaient plus de matériel étranger que ce qui provenait du père.

Il comprenait maintenant comment les embryons pouvaient supporter les coupures d'énergie assez fréquentes induites par les pluies tropicales.

Il vivait au jour le jour. Pouvoir caresser les cheveux de sa compagne était un luxe rare. Il lui était réellement, profondément attaché. Aussi heureux qu'un animal de sa présence. Sa vie devenait toute émotion. C'était l'état d'esprit d'un chien, d'un animal conçu depuis des millénaires pour combler les besoins d'un être d'une autre espèce perdue dans l'intellectualité. Il ne demandait plus rien d'autre. Il accueillait chacun de ses retours sans plus se poser de question, sa jeunesse lui permettait cette docilité. La maturité lui épargnait de s'inquiéter de l'avenir.

Elle était devenue si douce avec lui, ne le frappait plus, n'y pensait même plus, lui semblait-il. Comme si toute agressivité l'avait quittée.

Sa peau blanche lui paraissait une anomalie. Ses yeux bleus lui rappelaient un pays lointain et pourtant leur nuance grise témoignait bien d'une origine ethnique d'Europe de l'Ouest. L'Asie n'avait pas touché ce visage. L'Afrique non plus. Les lèvres étaient trop minces et très en retrait par rapport au nez qui s'avançait bravement. Dans ces traits subsistait à peine le souvenir d'une très ancienne espèce cousine. Les arcades sourcilières marquées évoquaient le passé de l'humanité. Il réalisait que chacun d'entre eux était un mélange de tellement de personnes différentes. Un nouveau nœud de tant de destins. D'innombrables filaments, d'éléments multiples. Un peu comme ces étranges embryons à la frontière de plusieurs règnes. Il ne savait même pas s'il leur était possible de venir réellement au monde dans ces conditions.

Combien de temps continuerait-il à assurer la garde de cet endroit ? Il était incapable de se projeter. Il pouvait encore ressentir de la colère mais de façon de plus en plus épisodique. Peu à peu, il perdait sa propre identité.

Ce qu'il comprenait c'est que la jungle était un peu la mère de ces enfants, que l'équateur leur offrait la chaleur et la gravité nécessaires à leur interminable incubation, que leurs filles n'avaient été que les prototypes de ces créatures, que Pélagie était depuis longtemps dépassée par son destin.

Comme si la volonté supérieure et intemporelle d'une nature sauvage avait concouru à la production de ces êtres féminins éminemment artificiels et profondément liés au naturel.

Il acceptait de ne pas comprendre, de seulement pressentir. Il pouvait anticiper certaines des pensées de Pélagie par ce que lui et elles avaient en commun : leur humanité, le fait d'appartenir à une même espèce zoologique.

La profusion végétale au-dessus de courtes racines s'étendait tout autour d'eux. Les odeurs de pourriture prenaient à la gorge. Les bruits sourds des chablis et de fruits chutant en travers des layons rappelaient sans cesse la présence de la forêt. Des bêtes invisibles remuaient les fourrés.

Sa compagne connaissait un regain d'activité, elle semblait faire et refaire indéfiniment les mêmes calculs. De ce fait, elle prenait moins garde à lui et parfois il l'appelait en vain.

Le soir, quand le désir le torturait, ses mains caressaient son propre corps, l'explorant avec crainte. Il découvrait à l'intérieur de lui-même des possibilités de jouissance inconnues. Pélagie le surprenait parfois et ce spectacle l'excitait au-delà de ce qu'elle s'était jusqu'alors permis. Elle aimait le voir prendre du plaisir. Il apprenait alors à se faire souffrir et cela devint une façon nouvelle de l'attirer à lui. Il aimait qu'elle le traite avec passion et fermeté, qu'elle guide sa tête vers ce sexe devenu quasi sacré d'où était sortie une nouvelle espèce hybride. Cela lui paraissait une plaie qu'il lui était donné de panser.

Elle aimait le voir nu et lui ordonner de se caresser. Ce n'était qu'une manière de se donner à elle-même du plaisir. Un goût morbide de dominer assombrissait cette âme. Il le savait et s'y soumettait. Son destin avait toujours été de se conformer et d'obéir, de marcher au pas et de dissimuler. Celui de Pélagie luttait depuis toujours contre l'abject désir d'accéder à une sorte de divinité.

Il avait soin de son corps, se rasait tous les jours en dépit des risques de coupure et d'infection. Cela le faisait paraître plus jeune. L'intoxication subie lui avait fait perdre une partie de son sens critique mais ne l'avait pas pour autant transformé en zombie. La présence de la forêt l'apaisait, il savait à présent reconnaître les fruits comestibles des mélastomacées. La durée des jours variait peu, la nuit tombait très vite, bien close. Le temps tournant remplaçait le temps courant. Les règles de Pélagie rythmaient leur vie commune. Il savait reconnaître leur arrivée à son humeur sombre et apprécier la délivrance qu'elles apportaient, exprimant à leur façon les mauvais fluides. Il pouvait reconnaître ses périodes de fécondité à un discret regain de désir, à peine identifiable au sein de la passion agressive avec laquelle elle le traitait, comme la variation de la durée des jours sous les tropiques. Sa langue apaisait un ventre souffrant en insufflant un autre message, interrompant ainsi la transmission des signaux douloureux. Il était un prostitué exclusif et heureux. La nourriture transformée ne leur parvenait plus que de loin en loin aussi maigrissaient-ils tous deux rapidement. Mais ils ne s'affaiblissaient pas. Parfois il la soupçonnait d'avoir tenté de modifier leur organisme. Il la savait familière de certains parasites capables d'infecter le système nerveux d'un mammifère pour modifier son comportement. La toxoplasmose amazonienne était un de ses sujets de prédilection. Ses kystes étaient aussi peu inutiles que le génome non codant, simplement comme lui peu compris.

Les seules femmes qui seraient capables de mener à terme la grossesse des embryons seraient des malades dépourvues de système immunitaire. Pour elles se construisait à proximité du refuge une annexe protégée, une bulle stérile. L'entreprise était périlleuse au sein de ce monde mortifère qu'est la forêt tropicale. Elles devraient aussi mettre au monde des filles comme elles, acceptant à leur tour de faire éclore les chimères.

Des infrastructures dispersées avaient ainsi été créées dans la jungle. Elles communiquaient entre elles par de discrets signaux. Leur lenteur et leur rusticité les rendaient peu détectables. Pélagie n'était pas pressée, en revanche elle devait conserver tout cela aussi secret que possible.

Au-dehors les horreurs de la guerre constituaient le bruit de fond de l'activité humaine. Cette activité abstraite aux conséquences effroyablement concrètes mobilisait l'espèce sur presque toute la surface du globe.

A cela il n'y avait rien à faire. La guerre était une caractéristique chez les humains comme chez les fourmis ou leurs cousins primates. Elle ne pouvait que mettre à l'abri les chances résiduelles d'évolution de sa propre espèce dans le sein des chimères. Un génome qui contenait des indications *écrites* du passé et de l'avenir. A cela rien d'étonnant, Pélagie de Senlis n'était qu'une des héritières innombrables des religions du livre. Elle rédigeait elle-même avec un alphabet de quatre lettres, avec son propre sang, purifié de celui d'un innocent choisi pour un sacrifice en faveur des humains. Un oblat presqu'égorgé. Marqué au cou de façon volontaire. Par qui ? Quelqu'un qui savait que Pélagie remarquerait un symbole, que sa curiosité insatiable s'attacherait à déchiffrer une peau imprégnée de phéromones masculines. A la fois attirantes et apaisantes. Menaçantes et irrésistibles. Quelqu'un qui comptait à la fois sur l'intelligence et sur l'instinct de cette femme.

Le mouvement d'un groupe humain permet rarement de savoir exactement qui manipule qui sans une longue observation. Nous sommes trop nombreux et trop complexes. Trop humains faudrait-il dire. Etroitement entrelacés et assujettis à leur environnement quoiqu'ils le nient.

Que sont exactement les humains ? Des animaux qui possèdent dans leur cerveau l'empreinte organique du sacré, clairement identifiable. Si conformistes et si instables. Indestructibles et pourtant si fragiles. Est-ce cet étrange chant d'amour que Pélagie avait rédigé ? Quelques siècles ne suffiraient probablement pas à apporter la réponse. Plusieurs niveaux de lecture existaient : celui de l'urgence, celui de la recherche et celui de la spiritualité. Ou plusieurs âges : la puberté, la fécondité et la ménopause. Son message ne craignait pas la clarté ni les répétitions, proche en cela de l'écriture scientifique.

Les embryons existaient et n'existaient pas. La naissance était le sacrement qu'ils n'avaient pas reçu. Par cette raison ils n'étaient pas encore admis dans la communauté des humains et appartenaient encore au monde végétal dont ils tiraient leur étonnante résistance. Cependant leur nature féminine aspirait à évoluer. La femme s'inscrit dans le temps courant, l'homme dans le temps tournant.

L'homme est un être tropical, sujet à peu de variations au cours de sa vie, inconscient ou presque de sa propre fin. Sujet à la floraison mais aux racines courtes, au sol pauvre.

Pélagie faisait partie de ces étonnants esprits qui avancent plus vite que les autres, ceux que l'on nomme visionnaires quand ils sont déductifs. Ceux qui devinent la fin d'une histoire à ses prémices. Peut-être simplement parce qu'ils savent lire un message dont la connaissance n'est que balbutiante pour le reste des humains. Ils sont reconnaissables au désespoir qui les habite et les ravage.

Pélagie avait la passion de la langue, des mots dont l'usage était quasi perdu mais dont elle percevait l'histoire, le sens profond, ce qu'ils désignaient exactement et qu'un autre mot ne pouvait remplacer qu'imparfaitement. Elle comprenait la logique de la grammaire et savait pourquoi une phrase ne peut être formulée que d'une certaine façon. L'usage imparfait de sa langue maternelle l'irritait chez ses collaborateurs, elle le prenait parfois pour une sorte d'irrespect. Ce n'était qu'ignorance et désinvolture. Bêtise parfois. Inconscience de la puissance fondatrice du verbe. Un monde est créé quand il se peut raconter, s'expliquer, s'énoncer. L'exercice est science ou poésie.

Les scories du Centre initial avaient été construites comme au hasard, elles formaient pourtant un tout cohérent et communiquaient entre elles d'une façon assez végétale, par transmission passive d'informations. Comme une nouvelle espèce s'établissant dans son environnement. Une entité qui dépassait ses créateurs et semblait évoluer pour son propre compte. C'était un développement presque cancéreux.

Pélagie se demandait parfois si cela n'était pas l'expression indépendante d'une volonté tout-à-fait autre dans sa nature. Elle venait d'un monde où, dans un mouvement de balancier, la spiritualité s'entrechoquait avec la superstition. Un vent froid de désert soufflait dans les consciences, dans les cœurs. Les administrés de l'empire Waleska étaient de tout temps et partout connus pour leur esprit frondeur et la sécheresse de leur âme, quand ce n'était pas pour la saleté du corps et l'arrogance. Ils étaient pourtant enviés pour leur richesse globale et étaient vus autrement qu'ils n'étaient. Le monde extérieur leur avait attribué un curieux statut de fantasmes et pourtant ces gens étaient pingres, soucieux de leur confort, égoïstes, ordinaires en somme. Le souvenir du grand Napoléon brouillait l'image projetée autour d'elle par la France. Cette matrice géante qui accouchait chaque année de millions d'habitants et avait produit fort logiquement un être aussi inadapté que Pélagie.

Comme tout autre être vivant, les embryons étaient porteurs de bactéries, de virus et de parasites plus ou moins dormants, dont il était difficile d'évaluer les effets sur leur développement présent et futur. Certains étaient probablement essentiels à leur survie. Tout cela était encore très peu connu et ne pouvait faire l'objet que de théories, d'interprétations. Au contraire de ses prédécesseurs, leur mère n'avait pas cherché à leur fournir un environnement totalement stérile. Elle les savait pourvu de qualités leur permettant de tirer profit de la respiration des arbres.

L'esprit de Pélagie était incapable de s'arrêter, pouvait se dévorer lui-même en l'absence d'aliment. Elle lisait sur tous les sujets simplement pour ne pas mourir. La médiation ou la prière ne lui permettaient pas d'en suspendre le travail. Seule l'activité sexuelle figeait le présent. Cela faisait approcher le néant originel, le repos. L'habitude lui avait fait perdre son aspect terrible, le danger qu'elle représentait pour l'intégrité physique et l'individualité. La docilité de son compagnon la rendait extrêmement accessible, comme l'eau courante d'un ruisseau. Pure, désaltérante, bénigne. Elle lui destinait parfois les mots d'adoration habituellement réservés aux animaux domestiques très aimés, ceux qui par leur présence font le foyer.

- Mon amour, mon adoré, mon très beau, ma merveille…

Petit à petit, les liens avec la Métropole se rompaient. Ils perdaient la conscience de l'existence d'un monde autre, organisé, « civilisé ». Un vaste lieu avec des bâtiments immenses, des lois écrites complexes et interprétables quasiment à l'infini en fonction de ce qui s'est déjà fait. Ici dans la jungle il n'y avait pas ou peu de jurisprudence. Mais ils ne se rapprochaient pas davantage des populations locales, présentes sur le Territoire depuis des centaines de générations, depuis le temps où il existait des villes et des jardins entretenus dans la jungle, avant les épidémies meurtrières qui avaient précédé l'invasion puis les différents peuplements.

Pélagie et son compagnon demeuraient tous deux des étrangers, des organismes transplantés. Les locaux n'osaient d'ailleurs plus guère se rapprocher des constructions à demi enfouies métastasées à partir du Centre. Ils se contentaient de déposer le fret, touchaient leur paiement et partaient vite sans chercher à se reposer même une heure. Le gran man, le chaman interdisaient à leur communauté de s'approcher. Avaient-ils été payé pour cela ou choisis pour leur qualité de visionnaire, ou bien ils avaient compris ce qui se tramait dans ces bâtisses de facture totalcment inconnue.

Le métropolitain est une sorte d'étranger familier mais cela en revanche échappait à l'entendement. Cela n'existait pas encore. Donc on ne pouvait pas savoir si c'était hostile. Mais un esprit possédait déjà ces choses. Dans la forêt, ceux qui le pouvaient tentaient de l'interroger en usant des techniques ancestrales et recevaient chaque fois la même interdiction de s'approcher.

Pourtant un jour un pêcheur déposa devant la porte d'un des centres une fillette très malade, couverte de furoncles. Les membres du clan avaient hésité à demander une évacuation puis, devant le peu d'espoir que leur avait laissé le médecin du dispensaire local, avaient décidé de s'en remettre à la folle de la forêt.

L'enfant souffrait d'un grave désordre immunitaire. Une forme liée au sexe qui n'affectait que les filles. Pélagie la fit placer immédiatement dans la bulle stérile où elle put recouvrer un peu de force et ses blessures se fermer. Elle n'était âgée que de quelques mois. Les scientifiques du Centre virent immédiatement en elle la première « porteuse ». Sa maladie devint la marque de son élection. Ils l'expliquèrent aux membres de sa communauté qui opinèrent sans étonnement. Le gran man avait dit la même chose à sa famille en des termes quasi identiques. Ses parents étaient cousins. Ils étaient donc menacés d'avoir d'autres enfants atteints de la même pathologie. Il leur fut recommandé d'amener leurs autres filles malades dès les premiers signes.

Pélagie adjoignit à quelques spores des caractéristiques de cette famille afin que, plus tard, le fœtus soit mieux toléré par sa mère porteuse.

Dès lors les autochtones acceptèrent le Centre, l'intégrèrent à leur vision du monde puisque des membres de leur communauté étaient désignés par leurs gènes- par les ancêtres- pour y habiter.

Du reste cela n'avait pas étonné Pélagie. Elle savait le système immunitaire des indiens moins exercé que celui des peuples d'Occident faute d'avoir côtoyé les mêmes germes. Ce peuple vivait avec le végétal, celui du continent européen avec de multiples espèces animales. Eux attribuaient un esprit à tout ce qui les entourait, les autres asservissaient le bétail mais étaient modifiés par lui.

Pélagie avait envisagé de les approcher dès l'origine mais ne savait comment s'y prendre en raison de leur timidité respective.

Les parents de l'enfant pouvaient l'approcher sans franchir la barrière stérile. Cela était aussi vital à la petite fille que l'eau ou la nourriture. Sa mère la touchait à travers la toile hermétique et transparente. Elle ne pleurait plus car sa fille avait acquis un statut quasi sacré, devenant une sorte d'enfant-déesse. La culpabilité ne la rongeait plus puisque cette alchimie les dépassait tous. Elle racontait à l'enfant les histoires de son peuple. Un ciel de case ornait le plafond. Des bancs à esprits invitaient l'esprit du jaguar, du hoazin ou de la tortue à s'asseoir dans la pièce pour aider la future mère à accomplir son destin. Des paniers, des outils du quotidien, un kalimbé rouge vif et des bijoux en graine peuplaient l'espace pour rendre moins terrifiante la chambre stérile. Pélagie écoutait parfois le flot continu de paroles, les yeux mi-clos, consciente de ne rien y comprendre du tout, quand bien même on lui eût traduit ce discours, elle que ses parents touchaient à peine, à qui personne n'avait rien expliqué du monde, des choses intimes, qu'elle avait dû explorer seule, sans la protection de ces mots. Ainsi avait-on abusé parfois de son ignorance, sans éveiller d'ailleurs la moindre sensualité.

Les longs cheveux noirs de la femme indienne, sa peau enduite de roucou, brillaient dans la pénombre quand elle parlait à sa fille pour l'endormir. L'enfant s'était rapidement adaptée à cet étrange environnement. Elle grandissait un peu plus lentement qu'une autre mais cela importait peu. Son développement pubertaire s'avéra normal. Elle avait la stature petite et carrée des femmes de son ethnie, la peau brune, les yeux marron clair.

Pélagie n'avait jamais eu l'intention de créer une communauté de vierges sacrées. Elle haïssait l'idée même de virginité, la mythologie de l'hymen. Alors elle s'assura que la jeune fille recevrait une éducation sexuelle normale. Elle n'aimait pas non plus le narcissisme, l'enfant était tenue d'être éduquée et ouverte au monde contemporain, même s'il lui était pour l'heure inaccessible, mais guère plus, dans le fond, qu'aux autres membres de sa communauté sylvaine. Elle appelait Pélagie « tatie » et ne comprenait pas bien qui était l'homme qui se tenait dans son ombre mais pressentait qu'elle serait un jour en quelque sorte unie à lui. Tout cela était décidément beaucoup trop compliqué pour une enfant.

Pélagie voulait qu'elle puisse être un jour sensible à la beauté des corps, que son désir soit libre de s'exprimer, qu'il soit souverain. Que l'homme qu'elle désignerait pour être son conjoint ne puisse s'y opposer. Elle voulait offrir la sérénité dont elle n'avait jamais pu jouir et ne la concevait pas autrement que dans la satisfaction de tous les besoins primaires.

Le compagnon de Pélagie constituait pour l'heure la seule vision de l'étranger mâle à laquelle elle eût accès. Son idéal de beauté masculine s'incarna donc tout naturellement dans le mélange caucasien et asiatique qu'il représentait. C'était tout-à-fait étonnant. Rapidement, elle déclara les cheveux blonds et les yeux bleus, les pommettes hautes, la haute et mince taille, attirants. Toutes caractéristiques physiques propres aux esclaves blancs. Qui justifiaient autrefois leur enlèvement au cours des razzias. Evidemment, aucun homme de son clan ne correspondait à cela.

De son compagnon, Pélagie avait eu un fils dont elle avait à peine mentionné la naissance aux autorités. Sa conception et sa naissance ne devaient rien à une quelconque intentionnalité. Pélagie pensait même avoir dépassé la période de fécondité et elle avait d'abord attribué l'arrêt de ses règles à la ménopause. Mais la biologie entend rarement nos connaissances ou celles que nous pensons avoir. Cet enfant était donc né sous le signe de l'opportunité naturelle qui revendique parfois ses droits. Il était élevé en même temps que la fillette indienne et ne différait d'elle qu'en raison de sa profonde normalité. Ne reposaient sur lui que peu de soucis et d'attentes. Son développement était fluide et rapide comme celui d'un petit chien. Il était beau comme son père, d'une physionomie étrange pour son lieu de naissance.

Il se glissait parfois jusqu'à la pièce où était logée la fillette et ils se parlaient dans une langue que les adultes tentaient de surprendre sans y parvenir : était-ce celle de la mère de l'enfant, de son père, du peuple de Pélagie ou encore une autre forme de communication. Nul ne le sut jamais. Mais les deux enfants se comprenaient sans doute possible. Ils étaient les deux seuls individus de leur âge dans un environnement assez austère.

Comme ils n'avaient pas le choix et qu'ils étaient tous deux d'un heureux caractère, ils s'attachèrent profondément l'un à l'autre et, quand la petite indienne en eût l'âge, elle commença à désirer son compagnon et lui à la craindre.

Une paroi transparente les séparait. Par ailleurs rien ne pressait. Dans quelque domaine sensuel que ce soit, un apprentissage est nécessaire.

Observer cet amour naissant emplissait Pélagie de sentiments ambivalents dont elle ne laissait que quelques uns accéder à la lumière. C'étaient donc les plus inavouables qui gouvernaient ses décisions irrationnelles.

Plus tard, beaucoup plus tard, la jeune femme porta volontairement un des embryons. La grossesse se déroula sans problème et l'enfant fut une fille sans aucune caractéristique notable et dont les traits physiques n'étonnèrent personne. Une métisse assez ordinaire. Jolie sans excès, avec des cheveux d'un châtain discret et des yeux verts. Cette fille vécut dans une familiarité immédiate avec la forêt qu'on attribua à l'origine de sa mère porteuse. Elle ne révéla aucune maladie. Pélagie la laissait partir à la pêche ou à la chasse avec les membres du clan. Ceux-ci paraissaient avoir conscience de la nature fondamentalement différente de la petite fille. Ils la traitaient avec plus de précautions et de respect qu'une autre enfant. Du reste Unua était facile à vivre et d'une santé inattaquable. Imperméable à l'hostilité de son environnement. C'est pourtant vrai qu'elle semblait *parler* aux arbres. Sensible à des signaux chimiques que l'on ne perçoit habituellement que lorsqu'ils sont émis par un membre de sa propre espèce. Cela se faisait par un processus tout aussi inconscient.

La vie s'écoulait, linéaire et agitée comme un fleuve. De la source à la mer. Gonflée de multiples affluents tout au long de son cours. Comme si elle avait un sens. Charriant des œufs et des cadavres, des plantes et des animaux.

Son compagnon était véritablement jeune lors de leur rencontre, il l'était donc toujours des années après. Sa beauté changeait, elle ne s'amoindrissait pas. Ses traits se faisaient plus fermes, plus mâles. Son corps demeurait sec et suave à la fois. Le tatouage bleu sur son cou se brouillait de plus en plus.

Pélagie ne se rendait pas compte de l'étendue de son attachement pour lui car cela faisait partie des sentiments qu'elle refusait de s'avouer, contre lesquels aucune défense n'était prévue. L'amour était une sorte de faiblesse dans son monde de viveurs, quelque chose qui faisait rire ou mettait mal à l'aise. Elle y était pourtant plus vulnérable que tout autre. La douleur de vivre renforçait chaque jour cette passion. Elle s'en défendait puis cédait et souffrait. En cela infiniment humaine malgré ses difficultés pour comprendre ses congénères et communiquer avec eux.

Elle avait aimé son exotique compagnon comme un bel animal avant de s'apercevoir qu'il était un homme digne de la plus réelle tendresse. Différent mais si proche. Appartenant à un sexe qu'elle croyait pour toujours étranger. A une espèce qu'elle n'avait pas été loin de renier. A un peuple qu'au fond d'elle-même elle méprisait.

Les préoccupations, les accidents biologiques de la vie mâle lui paraissaient quasiment extra-terrestres. Elle avait même longtemps cru qu'ils n'existaient pas avant de constater qu'eux aussi subissaient des métamorphoses, se débarrassaient de mues successives. Longtemps, pour Pélagie, la relative monotonie de l'existence mâle expliqua le conformisme de leur esprit et les possibilités de docilité qu'il offrait.

Son intelligence capricieuse et autophagique nécessitait un attachement profond pour se concentrer et se développer. Comme tout un chacun elle avait besoin d'un certain confort sentimental. Ses préjugés ne la mettaient pas à l'abri de cette humaine servitude. Elle l'avait donc aimé et n'avait pas vu le temps passer.

Il était complexe : lâche et courageux, beau et précocement abîmé, doux et violent. Il était comme les autres. Le plus misérable des esclaves sexuels peut susciter le respect de son maître. Leurs conversations nocturnes lui avaient révélé qu'il était le plus estimable des compagnons. Un être dont elle ne pensait pas mériter un jour l'affection et la fidélité. C'était pourtant le miracle dont elle était l'objet et qui contribuait à stabiliser et à entretenir l'agressivité nécessaire à la poursuite de ses projets. Toute réalisation importante est l'œuvre d'un groupe, même si une seule personne en recueille les fruits et les honneurs.

Un jour d'absence lui était devenu pénible. Alors elle limitait ou déléguait ses tournées d'inspection dans les différentes parties du Centre.

Ce dernier était devenu un monstre étendu, protéiforme dont seul l'éloignement permettait l'existence discrète. Les contraintes étaient énormes et spécifiques au lieu, injustes donc, alors les lois qui s'y appliquaient le devinrent. La liberté était un concept un peu abstrait dans un contexte de violences naturelles. Chacun était soumis à une puissance incontrôlable. Cette conscience commune de leur petitesse face aux éléments facilitait leur entente avec la communauté indienne voisine. Il en découlait une forme de résignation qui décourageait toute révolte vis-à-vis des autorités lointaines qui continuaient à régir la finalité du Centre.

La construction d'un barrage inonda partiellement toute la zone forestière où se trouvait les scories du Centre. Les bâtiments principaux disparurent sous les flots. Cela ne fit que leur conférer une protection supplémentaire. L'eau permettait de maintenir une température constante dans les locaux immergés qui avaient pu être rendus étanches avant le lâcher. Les arbres de la forêt engloutie moururent, leur structure minée de trous naturels, les termitières qu'ils portaient, devinrent bien visibles. Les pirogues circulaient maintenant au-dessus d'une canopée invisible. Parfois, leur fond touchait la cime des arbres. Des petites fleurs jaunes de marais se développèrent peu à peu à la surface des plans d'eau.

Le soleil ruisselait sur les feuilles. Cela produisait un scintillement magnifique, presque surnaturel, à faire croire aux fées et aux esprits. L'éclat bleu et métallisé, des morphos virevoltait sur le fond vert de la forêt. Ces papillons azurs étaient très faciles à observer. Leur beauté imprudente les signalait aux prédateurs mais était nécessaire pour séduire plus et mieux que les autres membres de leur espèce. C'était une arme dans un combat indispensable. L'eau était transparente et fraîche. Des poissons minuscules se jetaient sur toute nourriture tombant à la surface de la crique. Les gros prédateurs aquatiques attendaient leur proie sous les rochers et n'attaquaient les humains que s'ils y étaient forcés, acculés sans possibilité de fuite. Du fait de la présence de cette faune, il n'y avait que très peu de moustiques dans cette partie de la forêt. Le Centre et ses scories étaient ainsi protégés de la plupart des maladies vectorielles. Tous vivaient avec une trop grande diversité de microbes pour qu'aucun d'entre eux ne prit la prééminence.

Des petits singes ravissants et peu farouches grimpaient le long des branches. Leur tête blanche et leurs mains minuscules gantées de jaune bougeaient avec vivacité. Toutes les espèces simiesques étaient dotées d'une queue préhensile dans cette région du monde. La large mâchoire des singes hurleurs leur permettait d'émettre des sons audibles à plusieurs kilomètres. Les capucins bruns se regroupaient près du

Centre et de ses sources de nourriture. Ces animaux, dotés d'une intelligence et même d'une culture proches de celles des humains, se montraient intéressés par les activités déployées près de leur territoire. Ils n'avaient encore jamais fait preuve d'agressivité. Même les femelles s'approchaient parfois, leur bébé en bandoulière. Les mâles roulaient des épaules, le regard fixe, parvenant à impressionner des primates dix fois plus gros qu'eux.

Tout autour des branches toutes blanches surnageaient. Comme elles n'avaient plus de feuillage elles abritaient peu d'oiseaux et cela rendait l'endroit plus silencieux que le reste de la forêt. Dieu sait comment des fourmilières survivaient encore.

Cependant aucune tristesse ne se dégageait de ce qui était devenu une cité lacustre. Les morphos continuaient à voler en couple sur fond de frondaison verte. Parfois, un rare gynadromorphe pouvait montrer son corps hermaphrodite, une aile bordée de brun, une autre entièrement azur. La vie se moquait de la vision simple qu'en avaient la plupart des humains. L'eau était chaude, transparente, propre, les arbres semblaient des sculptures. Sur les étendues d'eau la réverbération du soleil était brûlante, près des rives en revanche l'air était doux et agréable. Les cabiaïs venaient boire en famille sans crainte car ils n'étaient pas chassés. Ces rongeurs géants, sociaux et pacifiques se déplaçaient toujours en harde. Leur poil brun et raide les isolaient de la chaleur et de l'humidité de façon efficace.

Pélagie était partie superviser les lâchers d'eau du barrage. Plusieurs mois passèrent mais elle ne revint pas. Les techniciens racontèrent qu'ils l'avaient vue s'éloigner. Ils ne l'avaient pas suivie car ils en avaient peur. Il était possible qu'elle se soit perdue ou bien que l'envie de vivre l'ait subitement quittée. Une attaque animale était moins probable, les jaguars étaient rares et peu agressifs au sein d'un territoire immense et la forêt n'abritait pas d'autre grand prédateur hormis les humains. La jungle elle-même était le prédateur, avec ses absences de perspective, ses chutes de branches, ses myriades d'insectes mordeurs. L'absence de la femme n'étonna personne et ne changea guère la vie au sein de cet étrange groupe humain. Et certainement pas son avenir car il était désormais capable de se multiplier.

FIN